HUISJE BOOMPJE BEEST

ROOS SCHLIKKER

HUISJE ROMAN
BOOMPJE
BEEST

UITGEVERIJ **ATLAS CONTACT**
AMSTERDAM / ANTWERPEN

© 2017 Roos Schlikker
Omslagontwerp Roald Triebels
Omslagbeeld Varuna / Shutterstock
Foto van de auteur Fjodor Buis
Typografie binnenwerk Perfect Service, Schoonhoven
Drukkerij GGP Media GmbH, Pößneck

ISBN 978 90 254 5047 2
D/2017/0108/554
NUR 301

www.atlascontact.nl

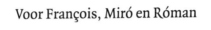

Voor François, Miró en Róman

'For he knew in a restless heart the seed of betrayal lay.'

— *Bruce Springsteen*

'Our house is a very, very, very fine house.'

— *Crosby, Stills, Nash & Young*

1

Het borrelde in zijn binnenste. Bellen die door zijn maag zwierden en kapotsloegen tegen zijn middenrif. Hoelang stond hij daar al met zijn voeten in de aarde? Normaal was hij binnen vijf minuten klaar. Straks zouden ze hem zoeken. Hij bleef altijd kort weg als hij zijn avondwandeling maakte. Het moest nu gebeuren.

Bewegingloos loerde hij naar binnen. Haar contouren zichtbaar achter witte lamellen. Haar paardenstaartje dat op en neer wipte toen ze opstond van de tafel en naar de keuken dribbelde. Ze had altijd met merkwaardig kleine pasjes gelopen. Alsof ze niet zeker wist of ze voor- of achteruit wilde gaan. In de keuken schonk ze een glas water in. Ze liep er voorzichtig mee naar de woonkamer. Niet knoeien. Nooit knoeien.

Plotseling gehaast trok hij zijn T-shirt omhoog en maakte zijn riem los. Zijn buik bolde over het elastiek van zijn heupslip, zijn navel bibberde naar voren en werd groter, als een oog dat zich verwijdt om zo veel mogelijk van de omgeving te kunnen zien.

Hij liet zijn longen vol zuurstof lopen, deed vliegensvlug zijn rits naar beneden. In één beweging rukte hij zijn broek en onderbroek omlaag en voor hij het wist zat hij op zijn hurken.

Met een zucht liet hij de lucht ontsnappen, terwijl zijn linkerhand door zijn schaamhaar kroelde. Gras aaide zijn billen. Ze likte haar lippen, die dikke lippen, terwijl ze haar hoofd langzaam in haar nek legde. Even tikte het glas tegen haar ondertanden. Toen goot ze de vloeistof naar binnen. Het vocht golfde haar mond in.

De bellen in zijn buik maakten salto's. Hij hijgde lichtjes, kon niet langer naar haar kijken. Geen andere gedachtes meer, geen afleiding, laat het gaan, laat het komen, leeg je, leeg je hier, op je eigen grasveld, nog even, nog even, daar, daar is het, daar komt het.

Precies op het moment dat de stront zijn darmen verliet, kletste de gesp van zijn riem met een klap tegen zijn bovenbeen. Hij schoot overeind. Straks had ze hem gehoord. Zij die als hij haar vanuit de tuin bespiedde opeens niet meer zijn vrouw was maar een meisje. Een geil, jong paardenstaartmeisje.

Hij moest weg. Zonder zich te bekommeren om de poepresten aan zijn kont, sjorde hij zijn broek omhoog. Zijn darmen krampten. Hij moest het thuis maar afmaken.

2

De vijftien minuten dat ze binnen waren had nog niemand iets durven zeggen. Sterre stond aan het koordje van haar capuchon te frunniken. Daniel keek ingespannen naar zijn mobiele telefoon. En Lidia trippelde. Lidia herschikte gele tulpen in hun matglazen vaas. Lidia maakte aparte stapeltjes van de post – een VT Wonen, een blauwe envelop, een actiefolder van de Gamma en het Algemeen Dagblad. Lidia fatsoeneerde haar kapsel toen ze de spiegel in de gang passeerde. Lidia deed water en antiniersteenvoeding in de porseleinen bakjes waar in zwierige letters het woord Poes op stond. Lidia schonk zichzelf een glaasje Spa Reine in en Lidia was uiteindelijk als een bezetene op de laptop door diverse Spotify-lijsten aan het scrollen.

Al die tijd geen woord. Joris moest poepen, maar hij wist dat dit niet het moment was om naar buiten te gaan. Hij had zowel zijn vrouw als zijn kinderen glimlachend toegeknikt. Kop op, seinde hij. En: we zijn weer lekker op ons nest. En: het leven gaat door. Alle drie hadden ze zijn blik ontweken. Alle drie bleven ze zwijgen.

'Wat een dag.' Zijn stem kaatste tegen de wit gestucte wanden.

Daar was ie. Die blik van haar. Grauwe ogen die hem eerst verbaasd aankeken, vervolgens met een licht kneepje kleiner werden, waarna de wenkbrauwen naar elkaar toe bewogen en een mengeling van woede en diepe teleurstelling op haar gezicht toverden.

'Joris,' zuchtte ze, terwijl haar handen naar haar haren gingen. De eeuwig ongehoorzame pluk was boven haar oor uit gepiept. Ze zette hem vast met een schuifspeldje. Het was zijn lievelingspluk, het krulletje dat haar hoofd weer op een meisjeskopje deed lijken.

Joris wist dat hij zijn mond had moeten houden, maar hij had nu de deur opengezet. De echo van zijn eerste plompverloren zin klonk nog en hij kon het daar niet bij laten. Een grapje, dat zou haar wenkbrauwen weer in hun normale stand brengen.

'Die jurk van tante Christa leek verdomd veel op een bungalowtent, hè jongens.'

Daniel maakte een hikkend geluid, Sterre keek op van haar jastouwtje en begon te giechelen.

'Ja, en oom Bob zei gefeliciteerd tegen me.'

Daniel gaf haar een stomp. 'Niet dombo, hij zei gecondoleerd.'

'Nee. Gefeliciteerd. Gefeliciteerd dat mijn oma dood is.'

Gelach, Joris baste mee. Misschien net iets te hard.

'En nu is het klaar! We hebben net mijn moeder begraven, ja.' Lidia's wenkbrauwen stonden zo dicht bij elkaar dat ze één streep vormden. De kinderen wisten genoeg, ze stoven naar hun kamers.

Joris stond naast de eettafel, zijn armen slap langs zijn lijf. 'Morgen is het weer fijn een gewone zaterdag, back to normal,' zei hij glimlachend.

Hij had het opgegeven, die deur kreeg hij niet meer dicht. En als je toch moest praten, kon je maar beter iets opgewekts zeggen. Hij moest straks ook al over het geld vertellen, dan moest de stemming niet te zwaar zijn.

Lidia sloeg hard op de entertoets. Niet lang daarna klonk 'Bist du bei mir' door de speakers.

Joris glimlachte naar haar, zijn hoofd schommelde mee op de zware Bachtonen. Hij sloeg zijn arm om haar heen. Even voelden haar schouders hoekig, toen liet ze haar weerstand varen en begroef haar neus in zijn oksel.

'Mooi, schat. Ernstig en meeslepend tegelijk. Beter dan die kale toestand van vanmiddag.'

Ze schoot naar achteren. 'Hoezo kale toestand? Het was een keurige plechtigheid.'

Natuurlijk, suste Joris. Het was heel netjes. Maar ook een beetje saai. 'Waarom altijd koffie en cake na afloop? Zo standaard.'

'Weet je wat standaard is? Zo'n kunstenaarsbegrafenis. Met zo'n beschilderde kist en flesjes wodka achteraf.' Haar stem klonk schel. 'Lekker lallen over het leven. En dansen op het graf, alsof het een feest is om je moeder onder de grond te stoppen. Waarom kunnen we de dingen niet gewoon laten zijn?'

Joris viel stil, vooral omdat ze de klemtoon op het laatste woord had gelegd. De dingen gewoon laten zíjn. Hoezo laten zíjn? Het was er toch allemaal al? Het ging erom wat je ermee deed.

'Liedje, juist jouw moeder zei dat we haar leven moesten vieren,' zei hij uiteindelijk.

'Natuurlijk. Maar niet haar dood. Mensen als tante Christa en oom Henk zien ons aankomen.'

'Tante Christa had anders een heel levendige creatie aan.' Een geintje. Kon best.

'Paars is net als zwart een kleur van de rouw.'

'Ja, maar waarom dat nu gigantische paarse cirkels moesten zijn? Nog even en er was een ufo op haar geland.' Hij keek zijn vrouw aan. Toe nou, meisje, een grinnikje, het mag.

Maar terwijl de sopraan door de luidspeakers gilde barstte ze los. 'Die vrouw heeft maat 56. Het valt heus niet mee iets in die grootte te vinden. Moet jij eens proberen.'

'Toe, niet zo boos.'

Ze ging door. 'Winkel in, winkel uit. En dan in zo'n desolaat pashokje. Moet ze zich weer in een modern pistachekleurig pak wurmen. Weer die broek die naden in haar bovenbenen trekt. Weer dat jasje dat niet over haar borsten sluit.' Lidia begon zachtjes te huilen.

Joris gaf voorzichtige klopjes op haar rug. 'Ik bedoelde het niet zo.'

'Weer zo'n verkoopster met maatje sprinkhaan die plotseling het gordijn openrukt en roept: "O, dat is ietsjes te klein." Denk je dat dat meevalt? Met dat enorme lijf iets vinden wat draagbaar is, waarin ze elegant lijkt, waarin ze niet al te erg opvalt als die hele dikke vrouw? Ze heeft zo haar best gedaan om vandaag, juist vandaag, er waardig uit te zien voor mama. Voor mijn mama.'

Hoe moest hij nu in vredesnaam over geld beginnen? Al die tranen, het snot, de violen, ze boden geen ruimte voor een praktisch probleem. Maar het was er wel, en ze moest ervan weten ook.

De grote glazen. Die zouden helpen. Joris trok Lidia voorzichtig mee naar de bank, hij streek het plukje weer achter haar oor.

Uit het keukenkastje pakte hij de enorme wijnvazen die hij zichzelf met kerst cadeau had gedaan. Op de televisie had hij een kok horen vertellen dat je rode wijn alleen goed kon proeven als je die uit een groot glas dronk. De drank kreeg dan lucht. Bij de wijnhandel in de stad schafte hij twee echte bellen aan. Vijfenveertig euro per stuk.

Met een klokkend geluid liet hij de bourgogne in de glazen stromen. Door het ruitje in de keukendeur zag hij Lidia in foetushouding op de bank liggen. In haar armen wiegde ze de handtas van haar moeder.

Een normale man zou opgelucht zijn, dacht Joris. Nu ze dood was, was hij eindelijk verlost van de vrouw die geen mogelijkheid onbenut liet om hem te laten merken dat haar prinsesje goed behandeld diende te worden. 'Lidia heeft veel liefde nodig, Joris.'

Ieder ander zou er hels van zijn geworden, maar Joris had altijd vriendelijk geknikt. Toen Lidia's vader was overleden, kon het mens niets anders meer door haar keel krijgen dan aardbeienyoghurt. Lusteloos lag ze middagenlang bij Lidia op de bank die roze drek naar binnen te lepelen. 'Mama weet zich geen raad, Joris.'

Toen Lidia opperde om haar moeder een tijdje in huis te nemen, in de hoop dat er af en toe ook nog een tosti in zou gaan, kon Joris niets anders doen dan knikken. 'Gezellig,' had hij uitgeroepen. 'Mi casa es su casa.' De vrouwen hadden hem verstoord aangekeken.

Hij had in de krant gelezen over de kangoeroewoning, een concept dat was overgewaaid uit Amerika, waarbij gezinnen subsidie kregen als ze opa of oma in huis namen. *Samen leven, samen geven* stond er in de foldertjes. Win win win: de afgelopen jaren kreeg Joris een paar honderd euro per maand op zijn bankrekening bijgeschreven. Wie verdient er nu geld aan zijn schoonmoeder?

Joris stond met zijn lange zware lijf tegen de koelkast geleund en nam alvast een grote slok wijn. Hij moest zich niet zo druk maken, zei hij tegen zichzelf, terwijl hij een tweede slok door zijn mond liet rollen. Ze zou het begrijpen. Na de geboorte van Sterre was Lidia gestopt met werken. 'Ik ben de huismanager,' zei ze als iemand op een feestje vroeg wat ze deed. 'En ja, ik ben een feministe! Ik ben zo feministisch dat ik zelf bepaal of ik wil werken of niet.' Joris viel zijn vrouw op die momenten altijd luid 'Jazeker, jazeker' roepend bij, waarna hij er bovendien aan toevoegde dat een huishouden runnen serious business was.

Maar financieel bracht die business hen niet verder. En dat terwijl ze tien jaar geleden de hypotheek van hun woning hadden rondgekregen doordat ze een dubbel inkomen hadden. Nu stond hij er alleen voor. Joris wachtte al tijden op een promotie, waardoor hij de maandlasten zou kunnen betalen. Die salarisverhoging zat eraan te komen, dat wist hij zeker. Tot die tijd kwam hij alleen telkens tekort.

Met Lidia had hij het hier nooit over, want geldzaken vond ze vervelend. Ze kreeg al pijn in haar buik als ze, onder grote druk van Joris, een paar laarzen van honderdvijftig euro aanschafte. 'Joor, wat een geld.'

En nu was oma dood. Haar kamer stond leeg, de subsidiestroom was net zo opgedroogd als het perkamenten boeketje veldbloemen dat het oude mens aan haar deur gespijkerd had. Zonder subsidie redden ze het niet lang meer. Dat moest Lidia weten.

Joris zette een grote stap de woonkamer in. 'Meisje, ik heb

iets lekkers voor je.' Hij hield de wijnbel boven haar hoofd, maar ze wuifde zijn hand weg. Uit de speakers klonk de sopraan nogmaals, ze had de aria kennelijk op repeat gezet.

Bist du bei mir, geh ich mit Freuden
zum Sterben und zu meiner Ruh.

Voorzichtig liet Joris zich op de bank zakken. 'We moeten het over het huis hebben. Zonder mammie kunnen we het niet meer betalen. We hebben een heel groot probleem.' In tien seconden had hij het er uitgebraakt.

Lidia ging rechtop zitten. Ze sloot haar ogen en haalde de speld uit haar haren. Die dwarrelden tot op haar schouders. Zwaar hing ze tegen hem aan. 'Stil. Luister.'

De hoge vrouwenstem haalde opnieuw uit.

Ach, wie vergnügt wär so mein Ende,
es drückten deine schönen Hände
mir die getreuen Augen zu.

Joris durfde zich niet te bewegen. Zo vaak vlijde zijn vrouw zich niet tegen hem aan. Meestal was ze te druk met huismanagementtaken.

Hij genoot van haar leunende lijf. Al dat gepraat was nu niet nodig. Hij mocht haar in stilte steunen, zijn rouwende vrouw. Haar adem werd rustiger. Hij voelde haar pols tegen de zijne. Ze was zeldzaam dichtbij.

Hij zou alleen verschrikkelijk graag een slokje van de bourgogne willen nemen. Die volle smaak op zijn tong. De glazen stonden een meter van hem af op de salontafel. Heel voorzichtig stak hij zijn rechterarm uit. Als hij langzaam zou bewegen, merkte ze er niets van. Zijn middelvinger raakte het tafelblad al. Twee centimeter kwam hij tekort. Zijn vingers reikten. Nog een klein stukje, nog heel even. Hij spande zijn buikspieren, duwde zijn hand naar voren, klauwde tot hij het glas raakte.

Maar hij reikte net iets te ver met zijn middelvinger en stootte tegen het dunne pootje, waardoor het glas kantelde en als een dominosteen tegen dat van Lidia viel. Een gil. 'Joris! Wat doe je nou?' Rode vloeistof drupte op de houten vloer.

3

De tandwielen ratelden precies in het juiste ritme. Daar kwam het waarschijnlijk door dat hem iedere week als hij in het schuurtje stond het begin van 'Saturday Night' te binnen schoot. Hij schuifelde met de grasmaaier langs de betonnen wanden in exact dezelfde maat als die van het dreigende basloopje, en net als Herman Brood zijn 'Tjak' hijgde, schopte zijn rechtervoet de deur open. Joris had geen flauw idee wat de tekst van het eerste couplet was, dus dat sloeg hij over terwijl hij zich week na week voornam de songtekst te googelen. Zolang hij dat niet had gedaan, zong hij, iets te hoog voor zijn stembereik, simpelweg achter elkaar het refreintje. 'I just can't waaaaait, for Saturday night.' Dan opnieuw dat baslijntje.

Het sloeg natuurlijk nergens op. Het was niet eens Saturday night maar zaterdagochtend, halftien. En een getatoeeerde rockjunk in een leren broek was hij ook al niet.

Nooit had hij gedacht dat hij een man zou worden met een grasmaaier, maar wie een tuin had wist: je kunt het niet laten woekeren. Hermans deuntje maakte hem vrolijk. Net als de buitenlucht, de nattigheid onder zijn voetzolen en de regelmatige banen die hij over zijn gazon trok. En vooral de stilte was aangenaam. Even geen pubergeruzie om de Wii, geen Lidia die trippelend om hem heen swifferde, alleen hij en Herman.

'Hé buurman.'

Sjips. Daar had je Ramon.

Sjips. Hij dacht het echt. Gadverdamme. Lidia's schuld. Joris begreep haar antischeldtirades, maar 'Sjips' bekte stukken minder lekker dan 'Godsammetering'.

Vanachter de heg verscheen een rood petje van de New York Yankees. Daaronder bevond zich een rond hoofd met onbestemd bruine oogjes en een gekromde neus die snuivend zijn weg zocht over de heggenbladeren. 'Waf! Waf!'

'Hoi Ramon,' zei Joris in slow motion.

'Waf, waf, waf! Eens even snuffelen wat er aan de overkant gebeurt. Waf!'

Joris forceerde een lach. 'Je neus is er anders groot genoeg voor.'

'Je weet wat ze zeggen: *An der Nase des Mannes erkennt mann sein*... enorme piemel.'

Ratelend schoot Joris met de maaier naar voren, ratelend volgde Ramon hem aan de andere kant van de heg. Joris nam grote stappen, het kostte Ramon moeite hem bij te houden. Misschien zou het Joris deze keer lukken zijn buurman voor te blijven. Geen moment keek hij opzij, hij tuurde een meter voor zich uit naar het gazon. Hij had eens in *Fiets* gelezen dat wielrenners zo tot hun grootste prestaties kwamen. Wanneer ze een steile helling op moesten rijden, kon naar boven kijken fataal zijn. Als de hersenen zouden registreren welke uitputtingsslag er van het lichaam werd verwacht, hoe ver het nog was en hoe zwaar het zou zijn, zouden ze het onderstel onmiddellijk sommeren te stoppen met trappen.

Maar de wielrenner die zijn ogen niet van het asfalt haalde, die slechts een klein stukje voor zich uit keek en niet verder dacht dan de volgende meter, die zou uiteindelijk de finish bereiken.

Stug volhouden, dat was de kunst. De stem van Ramon deed hem opschrikken. 'Hé, je beweegt niet meer.'

Joris begon weer te duwen.

'Lekker weertje hè.'

'Best.'

Joris tufte met zijn grasmaaier in tegengestelde richting. Ramon volgde hem.

'Die heg van jullie wordt hoog hè.'

'Ik moet hem snoeien.'

Joris draaide weer om. Hij stuurde zijn maaier pal naast de fris geschoren baan.

'Hoest op je werk?'

Stoppeltjes gras glinsterden in het licht.

'Best hoor.'

Prachtige kaarsrechte lijnen.

'Met de kinderen alles lekker?'

Wat voelde hij zich opeens verschrikkelijk moe.

'Tuurlijk.'

'Hé Joris, ken je deze al? Het is rood en loopt door de wei.'

Ja, hij kende deze mop al. Hij kende dit gesprek al. Hij kende dit grasveld al. Hij liep hier al jarenlang, elke zaterdag, op de hielen gezeten door Ramon.

'Zeg dan, zeg dan.'

Joris voelde zijn middenrif op en neer gaan. Hij hoorde zichzelf lachgeluiden maken en trok zijn mondhoeken omhoog. Maar zijn ogen waren naar beneden gericht, naar die ene meter gras voor hem. Hij wist dat het nog een halve minuut duurde voor de clou kwam. Hij wist dat hij zou schateren, dat Ramon zijn spekkige hand over de heg zou reiken en hem op zijn schouder zou slaan. 'Lachen hè, pik!'

Hij wist wat er zo meteen zou gebeuren. Hij wist wat er over een week zou gebeuren. Over twee weken. Hoe zou een déjà vu heten waarvan je zeker weet dat het in de toekomst plaats zal hebben? Joris' bestaan was één groot aanstaand déjà vu. Terwijl hij helemaal geen jongen was die een uitgestippeld leven hoorde te hebben. Hij zou reizen, hij zou een enerverende baan hebben, hij zou trouwen met een woest en wild wijf.

Dat was Lidia natuurlijk ook wel. Goed, woest en wild misschien niet direct, maar toen ze studeerden wilde zij ook graag naar Afrika en Thailand. Liften, in lekkende tentjes slapen. En al te woest en wild, dat hoefde van Joris nu ook weer niet. Vrouwen die zich gillend op de voorgrond plaatsten, die overdreven lachten, hun haren in hun nek gooiden en zichzelf op feestjes stomdronken tegen allerlei mannen parkeerden.

Joris was blij dat Lidia een beetje normaal was. Het enge was alleen dat ze steeds normaler werd. Vroeger was ze een mooi meisje met rode lippen, lange haren en elegante hoge hakjes. Inmiddels was ze een vrouw met een boblijn, een driekwartbroek, platte laarzen en een bril met hetzelfde montuur als dat van haar moeder. De Hans Anders-zusjes. Twee voor de prijs van één.

Hij wist niet wanneer dat gebeurd was. Het gewone sloop je leven in. Je staarde uit het raam, droomde een paar tellen weg, peuterde in je neus, en toen je opkeek had je opeens dezelfde zilvergrijze auto als de rest van de straat. Je droomde ooit van een Audi TT en kwam thuis met een familieauto, inclusief vuilafstotende kinderzitjes. Wel zo handig met Sterres wagenziekte.

Hun Skoda zou hij met een beetje pech straks niet meer kunnen betalen. Net als zijn huis, de twee-onder-een-kapwoning die aan die van buurman Ramon gekleefd zat.

'Een tampony!'

Ramon gaf hem een duwtje. 'Snap je hem, Joris? Hé gast! Tampony! Vat je hem?'

Het besef sijpelde Joris' hersenen binnen. Het kon. Hij kon verder dan een meter voor zich kijken, hij kon zijn blik omhoog richten. Wielrenners moesten zich tijdens een etappe weliswaar concentreren op kleine beetjes vooruit, maar hoe kon je überhaupt aan een etappe beginnen als je geen einddoel had?

Zijn leven speelde zich af op de vierkante meter. Dat hoefde helemaal niet. Ze konden straks hun huis niet meer betalen, en dat was niet voor niets. Het was een omen, een aansporing.

Plotseling lachte Joris luid. Ramon trok zijn wenkbrauwen op, maar bulderde toen mee. 'Hij is goed, hè?'

Hij was goed. Godsammetering.

4

Alsof ze niet in een auto zat maar in een net geland vliegtuig dat hij naar de juiste plek moest zien te loodsen, zo stond hij met brede armgebaren naar haar te zwaaien. 'Lidia, hoehoe!'

'Wat heeft papa nou?' vroeg Sterre.

Lidia haalde haar schouders op. 'Hou eens op met dat getik.' Bij wijze van antwoord begon Sterre met haar tennisracket zachtjes op haar moeders hoofd te slaan.

'Sterre, toe.'

Joris bleef zwaaien met beide armen.

'Wat een mongool,' bromde Daniel vanaf de bijrijdersstoel.

'Daniel.'

''t Is toch zeker een mongool.'

Lidia moest toegeven dat Joris er momenteel inderdaad uitzag alsof zijn IQ niet boven de 100 reikte, rondhupsend met dat grote bezwete lijf van hem.

'Oooo mam, hij heeft zin in je, hij wil je, dat is het.' Een lachsalvo vanaf de achterbank.

Lidia besloot niet te reageren. Niet stimuleren dit soort

lol. Alles wat je aandacht geeft groeit. Dat laatste moest ze trouwens niet hardop zeggen, want voor ze het wist zou een van die twee puistjes in haar auto roepen: 'Dat zei mijn vrouw vannacht ook', om zichzelf vervolgens hikkend van de lach tegen het autoraam te laten klappen.

Lidia parkeerde de auto parallel aan de stoeprand. Meteen rukte Joris haar deur open en riep: 'Liefje, je bent thuis.' Natuurlijk was ze thuis. Elke zaterdag nadat ze met de kinderen naar tennis was geweest, kwam ze om 12.00 uur thuis.

Gisteren was hij nog het tuinpad op komen sjokken. Ze had net de lasagne in de oven gedaan toen hij binnenkwam. 'Er komt een reorganisatie aan,' had hij gebromd. 'Alweer? Vorig jaar is er ook al zo gesaneerd.' Joris had geknikt. Ja alweer. Er moest opnieuw vijftien man uit. 'En dus werd ik bij Leeghwater geroepen. Alweer. Die zei: "Joris, misschien moet je eens verder kijken." Alweer.' Lidia had hem over zijn wang gestreken. De vorige keer mocht hij ook blijven. Het kwam heus goed.

En nu leek haar man een stuiterbal die op en neer hipte op de stoep. Wat gezien de omstandigheden wat overdreven was.

Vroeger had ze het best schattig gevonden, zo'n man van bijna twee meter die als een jarige ADHD-peuter stond te springen als hij de voorzet had gegeven voor het winnende doelpunt bij zaalvoetbal. Of als hij een paar biefstukken had gebakken die exact de juiste gaarheid hadden. 'Niet te rood, ook niet te doorbakken, Lied. Proef. Proef.' Kinderlijk enthousiasme. Toen ze nog halve kinderen waren was dat leuk.

Joris trok haar uit de auto. 'Jongens, gaan jullie eens lekker binnen spelen, ik moet iets met jullie moeder bespreken.' Moest hij dat nou zeggen? 'Zie je wel mama, hij wil je, hij wíl je!'

Joris trok Lidia grijnzend mee naar de achtertuin. Op de plastic tuintafel stonden drie madeliefjes in een borrelglaasje. Ernaast de champagnekoeler. Lidia wist niet eens dat ze dat ding nog hadden. Jaren geleden had hij in een kerstpakket van Joris' werk gezeten.

Hij haalde er een koude fles rosé uit en schonk haar een glas in.

'Joris, doe normaal, het is amper middag.'

'Nou en?' zei Joris. 'In Italië neemt iedereen een glaasje bij de lunch. Nu ik het toch over het buitenland heb... Ik heb een geweldig idee. We gaan op reis. Net als vroeger. We verkopen het huis. Van de overwaarde kunnen we makkelijk een jaar leven als we zuinig aan doen. En weet je wat? Fuck Leeghwater. Ik zeg zelf mijn baan op. Zul je hem zien kijken. En daarna gaan we weg en laten we alles achter. De wereld aan onze voeten. Letterlijk. Onze voetjes in het zand. Ik weet wat je denkt: Hoe moet dat met de kinderen? Die nemen we mee. We laten ze Thailand zien, we kunnen naar Cambodja, Laos.'

Lidia zette haar bril af en wreef met haar hand over haar voorhoofd. Ze sloot haar ogen.

La-os. Laat Los. Blijf in het hier en nu, Lidia. Probeer mild te zijn. Wat zei de mindfulnessleraar altijd tegen haar? 'Voel wat je voelt. Registreer het. Blijf er even bij hangen en laat het dan los. Het is een gevoel, ervaar het met zachtheid, het is een...'

'MIJN MOEDER IS NET DOOD.'

Goed, dat kwam er niet helemaal mindful uit. Ze nam een slok van haar wijn. Kalm blijven. Joris bedoelde het goed. Hij vergat alleen even stil te staan bij haar emoties. Zoals altijd. Zou hij zelf niet weten hoe voorspelbaar hij was? Stop de persen: man van middelbare leeftijd wil zichzelf vinden op berg in Thailand.

Ze had er geen zin meer in. Altijd weer wilde plannen zodra het thuis wat lastig werd. En zij ging daar maar in mee, alsof ze zo'n Tibetaans gebedsvlaggetje was dat dezelfde kant op moest wuiven als Joris. Zij had ook een mening, had haar eigen argumenten en ja, ze was boos nu, en ja, dat was een gevoel, maar hallo, kon iemand daar misschien alsjeblieft een klein beetje rekening mee houden?

'Mijn moeder is net dood.'

Joris keek haar bang aan. Ze was zelf ook een beetje geschrokken van de schrilheid in haar stem.

'O schatje, begin nou niet meteen te huilen.'

Joris kon niet tegen tranen. Bij het eerste snikje schoten

zijn schouders omhoog. Vervolgens begon het gespannen redderen met zakdoekjes, het bekloppen van haar schouders en het aandragen van praktische oplossingen.

'Stop met huilen, meisje, ik wilde je niet van streek maken.'

'Ik huil wanneer ik dat wil.'

'Liedje...'

'Mijn moeder is dood. We kunnen ons huis niet meer betalen. En jij wil een tweede jeugd in Thailand beleven? Ik wil geen tweede jeugd!'

Net op het moment dat Lidia zag hoe haar armen door de lucht maaiden, klonk er een bekende stem.

'Joehoe.'

Sjips, Jonneke.

Met een ruk stond Joris op.

'Joris,' siste Lidia, 'doe sociaal', maar Joris beende weg. Door het zweet was op zijn rug een grote donkere landkaart ontstaan die opmerkelijke overeenkomsten met Azië vertoonde.

Joris had een stevige Jonneke-allergie. 'Martha Stewart on speed' noemde hij haar. Nu deed ze momenteel inderdaad wat gejaagd, maar dat was puur enthousiasme, dat zou uitgerekend hij moeten begrijpen.

Jonneke liet een hinnikje ontsnappen. 'Ik heb zo'n leuke middag achter de rug. Ik heb met de hele kleuterklas muffins staan bakken. Zo snoezig, je had ze moeten zien glimmen.

Daarna zat de hele keuken natuurlijk onder het meel, je wil het niet weten. Heerlijk hoor, heerlijk.'

Jonneke droeg een wit joggingpak van badstof. Ze zei: 'Je kunt wel wat frisse lucht gebruiken, je ziet zo pips.' Lidia glimlachte lusteloos. Ze had geen zin in joggen, maar het was moeilijk Jonneke iets te weigeren. 'Heb je de zon vandaag al op je koppie gevoeld? Meid, je zit zo in je hoofd.'

Eigenlijk had Lidia ook niet zo'n zin in Jonneke. Als ze haar ogen tot spleetjes kneep, leek haar buurvrouw net een gigantisch wit washandje. Een wit washandje dat keihard boenend al haar zorgen probeerde weg te wassen. Maar sommige zorgen waren niet weg te wassen, net zoals je van een rode wijnvlek in een wit overhemd altijd een donker waasje zou blijven zien, hoeveel Vanish Oxi Action je er ook in wreef.

Ophouden nu. Jonneke zat in een veel beroerdere situatie dan zij. Geen man, drie kinderen, een hond met een gedragsprobleem. En ondanks dat was ze altijd vrolijk. Lidia had haar nooit horen klagen. Dat kon zij van zichzelf niet zeggen. Natuurlijk hield ze van Sterre en Daniel, maar het was overdreven te zeggen dat ze iedere dag van ze genoot. Altijd moest er appelsap ingeschonken worden, een knoop aangenaaid, een gymtas ingepakt. Dat was het punt met kinderen: je was nooit klaar. Eerst papjes en hapjes, dan leren lopen, daarna fietsen, vervolgens naar school, sommen maken. Er draaide permanent een was, er was chronisch een paar schoenen met gaten, er waren de hele tijd rapportbesprekingen waardoor je uren van je leven spendeerde aan tienminutengesprekken. Het perpetuum mobile van de jonge ouder. Aan de linkerkant zette je een bal in beweging door je kind naar atletiektraining te brengen, de bal stootte een volgende aan: je kind kukelde in het gras, die bal gaf een tik tegen de naastgelegen bal: je kind had een bloedneus, en vervolgens kreeg de laatste een slinger, waarna je een shirt vol bruinrode vlekken moest zien te wassen. En als dat klaar was, kaatste de laatste bal weer tegen de vorige en zo ging het door. Het leven was een aaneenschakeling van praktische taken en genieten stond niet boven aan de lijst.

Ze had laatst geprobeerd dit aan Jonneke uit te leggen. Die had haar niet begrepen. 'Het is juist heerlijk, altijd lekker bezig zijn,' had ze uitgeroepen. 'Weet je waarom jij je zo onrustig voelt? Omdat jouw gezin niet af is. Er zit een gat in jou. Drie is het nieuwe twee.'

Lidia had nooit eerder nagedacht over een derde kind. Ze had er twee gewild, zoals iedereen. 'Aan iedere hand één, dat is ideaal,' had haar moeder altijd gezegd. Maar misschien had Jonneke gelijk en was ze niet voldaan. Het schransen was heftiger dan ooit. Trekdroppen, spekkies, voorverpakte haringen van Albert Heijn. Soms wist ze niet waar ze alle karton en plastic moest verstoppen. Als Joris ze in de prullenbak zou vinden, leidde dat onherroepelijk tot vragen. Dus stouwde ze ze in haar handtas: de zakken van de wokkels, de doos waarin de minitompoezen als roze muizenbaby'tjes gebroederlijk naast elkaar hadden gelegen, de kuipjes smeerkaas die ze met gekromde wijsvinger had leeggeschraapt. Onderweg naar haar werk dumpte ze haar afval in een straatcontainer.

Ze was op mindfulness gegaan om te leren haar aandacht te vergroten. De eerste avond had ze tien minuten lang op een rozijn moeten kauwen. De smaak, de structuur, het mondgevoel, alles moest ze van cursusleider Léander in zich opnemen. Met aandacht eten, dat was de sleutel. Aan het eind van de les gaf hij haar de zak rozijnen mee. 'Hier, voor je gezinnetje. Het is toch over, wij krijgen het hier nooit op.' Hij stond dicht bij haar en rook naar lavendel.

Nog voor Lidia met de auto haar eigen straat in was gereden, had ze de laatste hand rozijnen in haar mond gepropt.

'Nou schat, dat joggen wordt niks, je zit al aan de wijn zie ik.' Jonneke tikte met haar French manicure-wijsvinger tegen de koeler. Even wilde Lidia zich verdedigen. Zomaar drinken overdag zou ze normaal beslist niet doen, wilde ze roepen. Net op tijd bedacht ze zich. 'Ja, Joris en ik hadden zin in iets geks, dus joggen lukt niet meer. Woeh, ik stuiter zo van de stoep,' zei ze lachend.

'Kind, jullie hebben gelijk,' riep Jonneke. 'En je weet wat er van zo'n wijntje kan komen. Ik zeg niets, maar niet vergeten: drie is het nieuwe twee.'

Lidia knikte nog steeds terwijl ze keek hoe het perfecte kontje van Jonneke de tuin uit dribbelde. Een verse baby, dat

33

zou het gezin enorm goed kunnen doen. Daniel en Sterre zouden leren hoe belangrijk het is om ergens voor te zorgen. Sinds Dolfje was overleden waren ze dat verantwoordelijkheidsgevoel een beetje kwijtgeraakt. Nu was een kindje iets anders dan een fret, maar ze zouden het vast snel oppikken.

Zijzelf wist door Jonneke hoe gelukkig je kon worden van een groot gezin en Joris zou met drie koters geen tijd meer hebben voor rare avontuurlijke plannen. Een derde geboorte. Die zou pas echt een nieuw leven inluiden, veel meer dan de studentikoze reis die hij wilde maken.

Lidia overzag de tuin en het huis, dat zich aftekende tegen de middagzon. A happy home, zo noemden de Engelsen het. Dat is wat zij en Joris hadden neergezet. Ruime auto naast de stoep, trampoline op het gazon, lange witte gordijnen voor de ramen. Niet van die kneuterige lamellen uiteraard. Het moest klasse hebben. Chic maar niet overdreven.

Een plek om te blijven. Dit was precies waar Joris en zij als jonkies over fantaseerden. Een carrière, een hypotheek, een paar kleintjes. Ze leefden de droom die ze vroeger droomden. Ze zouden dolgelukkig moeten zijn.

Ze moest dit handig spelen. Langzaam zou ze zaadjes planten, steeds eentje erbij, totdat ook voor hem een derde kind onontkoombaar was. Ze schoof de hordeur open en stapte de keuken in. Daar stond Joris. Zweet fonkelde tussen zijn dunne haar als stroop op een pannenkoek. Hij rukte en sjorde aan de gespen van zijn oude rugzak. 'Ik krijg hem niet dicht.' Hij zei het zo zacht dat ze de medeklinkers amper van elkaar kon onderscheiden.

Ze aaide hem over zijn hoofd, haar hand plakte. 'Het geeft niet schat, dat ding is twintig jaar oud.'

'Die gespen zijn helemaal verroest. Dat is het. En ik krijg die band niet meer om mijn buik. Ben ik zoveel aangekomen?'

'Het is een rotding. Een kilootje of vijf misschien. Max.' Eerder vijftien, wist Lidia. 'Max, lieverd. Echt niet meer.'

'Weet je nog? Melbourne? Toen we met die camper–'

Ze wist het nog.

'Een andere wereld.'

Een andere wereld.

We gaan heus nog wel eens, zei ze. Maar het waren zware tijden. De economie... Nu hun huis verkopen zou nooit lukken.

Langzaam tilde Lidia de rugzakbanden van de schouders van haar man. Zijn huid kwam er rood gestriemd onder vandaan. Dankbaar keek hij haar aan.

'We hebben geen haast,' zei Lidia. 'Laos loopt niet weg.'

5

'Ra-bie-jus,' articuleerde Evelien. 'Hondsdolheid. Heb je daar wel eens van gehoord? Hallo. Hondsdolheid.'

Kloddertjes wit spuug lilden in de mondhoeken van Ramons vrouw. Haar in auberginekleur geverfde haar leek donkerder dan normaal.

'Ben je naar de kapper geweest?'

'Ja. Nee, hoezo? Vorige week. Wat doet dat ertoe? Luister je eigenlijk wel?'

Ramon zette zijn beste luistergezicht op. Hij had er lang genoeg op kunnen oefenen, de hele vijftien jaar die hun huwelijk duurde. Maar Evelien praatte zoveel dat het hem soms toch moeite kostte belangstelling te veinzen.

Toen hij haar net kende, maakte hij zich soms zorgen om haar. Ze plakte alle woorden aan elkaar en breide haar zinnen vervolgens ook weer aaneen, terwijl ze vergat te ademen. Vooral aan de telefoon klonk dit eng, omdat je haar gezond roze gezicht niet zag. Evelien die in een eindeloos betoog zat en het na heel veel zinnen en talloze woorden – allemaal uitgesproken zonder rustpunt dan wel komma – op een gegeven moment niet langer hield en gierend een enorme teug lucht tot zich moest nemen. Hiiiiiiiew.

Tegenwoordig schrok Ramon er niet meer van. Hij was gewend geraakt aan het staccato geratel van Eveliens monologen. Ze klonken als kruiwagens die over kasseien stuiterden. Pas als haar ademteug, zoals nu, heel piepend klonk, schrok hij op uit zijn sluimerstand.

Die middag was Evelien met hun dochtertje Lieke naar de supermarkt gelopen omdat de Dora-koekjes op waren. Lieke sleepte een springtouw achter zich aan. Rex, de witte herder van buurman Cees, zag het slingerende ding aan voor een kattenstaart en was erbovenop gesprongen, waarbij zijn tanden de arm van de kleuter hadden geraakt.

'Ra-bie-jus,' beet Evelien Ramon nu toe, terwijl ze de arm van Lieke ruw naar hem toe draaide. Ramon bekeek de wond. Drie kleine tandafdrukken, geen bloed te zien.

'Maak je niet druk,' zei hij tegen zijn vrouw, maar ze had het kind al in een jas gepropt. 'Ik ga even naar de eerste hulp. Je kunt niet voorzichtig genoeg zijn. Ga jij maar vast naar Jonneke...'

Het had geen zin haar tegen te houden, wist Ramon. Evelien had haar woede inmiddels omgezet in dadendrang.

'... de gehaktballetjes staan in die oranje bak met dat plastic deksel erop, je weet wel, die we ooit van Jaap hebben geleend. Die moeten we trouwens eens terugbrengen want je kunt het natuurlijk niet maken om zo'n bak te confisqueren,

37

maar Bergen op Zoom – Hiiiiiiiiew – is niet naast de deur dus daar moeten we misschien een dagje voor uittrekken, ach ja, we zien wel, tot straks lieverdje.'

Ze had de voordeur dichtgesmeten, de fiets met het dreinende kind erop aan haar hand. De ruiten trilden in hun sponningen.

Ramon liet zich met de bak van Jaap op de bank zakken. Eindelijk alleen.

6

Het waren de lichtjes die hem wiebelig maakten. Zo'n slinger met gekleurde peertjes die wiegden in de avondlucht. Er klonk loungemuziek, The Best Ibiza Summer Beach Music had Jonneke geroepen, en die stomme lampjes bewogen exact op de maat.

Onbegrijpelijk hoe ze dat voor elkaar kreeg. Joris was het nooit gelukt überhaupt één streng kerstverlichting in de boom te slingeren zonder dat hij het halve huis in het donker zette, en Jonneke hing haar hele tuin vol meedansende lampjes. Twee meter hoog. In alle kleuren van de regenboog.

Lekker sfeertje, zei het groene licht.

Warm en gezellig, zeiden de oranje peertjes.

Zwoel en romantisch, zeiden de rode lampjes.

Ongelofelijke loser. Dat zei het paarse licht.

Er was opvallend veel paars licht.

Joris wandelde glimlachend door de tuin. Een glimlach die liet zien hoe bijzonder goed hij zich vermaakte. Hij knikte goedkeurend naar de grote tafel waar kaarsjes op flakkerden, waarop de servetjes dezelfde kleur hadden als de kussens op de stoelen, waar grote bakken salade en rijp fruit wachtten om gegeten te worden.

In een lange zwierige jurk had Jonneke hem opgewacht. Ze had hem een perfect gekoeld Amsteltje in de hand geschoven ('Je lievelings'), hem met een weids gebaar de tuin in gedirigeerd en geroepen dat ze er zo aan kwam. Ze moest nog even de laatste hand leggen aan de kipspiesjes met teriyakisaus.

Joris wist dat die spiesjes straks mals en zacht zouden zijn, net wit geworden, beslist niet roze vanbinnen. De hamburgers zouden sappig zijn, de worstjes niet verbrand en de broodjes voor die worstjes zou Jonneke zelf hebben gebakken.

Hij begreep niet hoe die vrouw dat deed. Een vrouw die barbecuet, nota bene. Natuurlijk moest dat kunnen, hij was geen seksist, het was alleen geen gezicht. Maar als hijzelf eens een vleespakket van de keurslager op de Weber knalde, viel er altijd een fles spiritus om of roste een kind een voetbal tegen de zorgvuldig gepositioneerde barbecue. Of de wind deed heel raar en liet de rook voortdurend richting de tafel walmen.

Vanavond waren al deze problemen er niet. Geen voetbal, geen windvlaag, geen spiritusgolf. Joris zag alleen lichtjes, kipspiesjes en een dartele gastvrouw.

Hij moest toegeven dat dat laatste niet verkeerd oogde. Ze was weliswaar mager en had tieten noch kont, maar ze had wel een knap gezicht dat in de verte trekjes van Linda de Mol vertoonde. Die had hij ook altijd mooi gevonden.

Jonnekes schoonheid werd alleen verpest door dat heel erg aanwezige van haar. Dat gejoehoe de hele tijd, dat iets te harde lachje dat als glasgerinkel overal bovenuit klonk. Als Jonneke in de buurt was moest iedereen naar Jonneke kijken. Haar spontaniteit, haar hand die voortdurend op jouw bovenbeen lag en zachte kneepjes gaf, haar dansen met de armen in de lucht, dat ze ongetwijfeld na een paar wijntjes weer ging doen. Joehoe! Hier ben ik! Zien jullie mij?

Ja, Joris zag haar. En hij zag dat Lidia naast Jonneke altijd de grauwe kleur van nat tuingrind leek te hebben.

Toen ze aan tafel zaten en Ramon net de halve oudejaarsconference van Youp uit 1989 aan het oplepelen was, legde Joris een hand op Lidia's knie. Met zijn vingers kriebelde hij onder het randje van haar witte bermuda. Ze had nog steeds mooie benen. Ze klaagde altijd dat ze te dik waren, maar Lidia had nu eenmaal heupen en daar hoorden dijen bij. Vroeger maakte Joris wel eens de fout haar een complimentje over haar postuur te geven. 'Je bent zo vrouwelijk,' fluisterde hij dan in haar oor.

'Hoe bedoel je?'

'Nou ja, met die billen en zo.'

'Vind je me dik?'

'Nee, natuurlijk niet. Bovendien, ik hou van een beetje vlees.'

Haar blik was dan sluipschutterscherp en vernietigend. In haar tienerjaren had Lidia's vader eens in gezelschap van zijn vrienden gezegd: 'De kont van Lidia? Dat is geen reetje, maar een hertenkamp.' Ze had zelf nog meegebulderd ook, woest knipperend tegen de tranen.

Toen ze net samen waren had Lidia hem dit verhaal eens toevertrouwd. Daarna had ze er nooit meer over willen praten. Nee hoor, ze zat helemaal niet met haar figuur, zei ze keer op keer. Al die gratenpakhuizen op de televisie, zo wilde zij er niet uitzien. En ze wilde al helemaal niet zo'n zeurtante zijn die haar man steeds vroeg of een broek haar niet dik maakte.

Jonneke liet de Amsteltjes regelmatig doorkomen. 'Hier Joris, voor jou. Yolo!' Yolo. Daar had ze gelijk in. Eigenlijk was ze natuurlijk een best mens. Sterker, na vijf pilsjes vond hij haar een topwijf. Hij leunde op de achterste twee poten van zijn stoel en keek tevreden snorrend om zich heen terwijl hij in een perfect gegaarde hamburger beet. Gek hoor, dat verhaal van die Arjan van haar. Hij moest eens aan Lidia vragen hoe dat zat.

Joris schrok op uit zijn gemijmer toen met een bons het houten hek achter hen dichtviel. Evelien beende de tuin in met Lieke aan de hand, die haar tempo amper kon bijhouden. Om de arm van het kind zat een groot, bijna lichtgevend wit verband.

O, ze was zo blij dat ze met Lieke naar het ziekenhuis was gegaan, verzuchtte ze terwijl ze zich in de laatste lege tuinstoel aan de tafel liet ploffen. Haar vlees bulkte over de zitting. Als Lidia een hertenkamp had, zeulde Evelien heel Artis met zich mee.

Ze hadden de arm goed en professioneel verbonden, ging ze verder.

'Wat een schrik,' zei Jonneke en ze schoof Evelien een glaasje wit toe. 'Moest ze een tetanusinjectie?'

Evelien schudde haar hoofd.

'Hoe zit het dan met die hondsdolheid?' vroeg Jonneke. Ze klonk gretig.

Nou, aangezien de hond niet doorgebeten had, hoefden ze daar niet bang voor te zijn. En dat verband was eigenlijk ook geen must, hadden ze gezegd, maar Evelien had erop gestaan. Ze was daar niet voor niets. Ze knikten allemaal. Natuurlijk, jouw kind, daar wil je het beste voor. Je kon niet voorzichtig genoeg zijn.

In één moeite door begon Evelien over een volgende potentiële stresskwestie. 'Weten jullie het al van het hoekhuis verderop? Dat is verkocht. Ramon heeft gehoord dat er volgende week eindelijk iemand in trekt. Een jonge kerel, onze leeftijd.'

Lidia keek op van de minigroenteburger waar ze al een tijdje op zat te knabbelen. 'Alleen? Wat raar, wie gaat er nou in zijn eentje in een eengezinswoning zitten?'

'Misschien moeten we het dan een geengezinswoning noemen,' zei Ramon met een harde lach. Zijn publiek keek hem niet begrijpend aan. 'Anyway,' ging hij door, 'wat is daar raar aan? Jonneke woont hier toch ook alleen?'

Jonneke kwam net aanlopen met een schaal krieltjessalade, subtiel besprenkeld met bieslook uit eigen tuin. 'Ik alleen? Hoe kom je daarbij? Omdat Arjan aan zichzelf aan het werken is in Portugal? Die komt wel weer terug. Bovendien heb ik mijn drie schatjes.' Met een bonk zette ze de schaal op tafel om vervolgens joelend de tuin in te rennen, alwaar ze zich boven op haar oudste zoon Levi stortte en hem de kieteldood probeerde te geven.

Een uurtje later stond Joris bij de vijver met koikarpers. Zij waren de grote liefde van Arjan ('Na mij natuurlijk,' voegde Jonneke er altijd aan toe). Stiekem gooide Joris stukjes van zijn hamburgerbroodje naar de vissen. De beesten leken lusteloos rond te dobberen, maar zodra een kruimel brood het water raakte, ontwaakten ze uit hun lethargische staat en zwommen woest naar het aas toe, met heel hun oranje schubbenlijven schuddend. Hij stond boven ze en keek, hij was de prins die ze wakker kuste.

Net toen hij zich nog dieper vooroverboog, voelde hij een hand in de zijne schuiven. Zo robuust en stevig als haar lichaam zich aan de wereld aanbood, zo klein en elegant waren haar handen.

'Hé,' zei ze.

'Hé,' fluisterde hij terug.

'We hebben het goed, hè.'

'Zeker, schat.'

'Ik wil je bedanken.'

Hij keek haar verbaasd aan.

'Jij hebt me alles gegeven wat ik wil.'

Joris wist niet wat hij moest zeggen, hij kon alleen sullig grijnzen.

'Een mooi huis, een leven samen, een echt gezin. Zonder jou had ik dat allemaal niet.'

'Tuurlijk wel, zonder mij was je vast met ie–'

Ze schudde haar hoofd. 'Ssssst. Jij hebt mij dit gegeven. Ik weet dat je het soms een beetje benauwend vindt, maar dit is echt, dit is leven. Jij hebt ons leven gemaakt. Dat is niet saai, dat is heldhaftig. Jij bent een held, Joris. Mijn held.'

Pal onder zijn sleutelbeenderen voelde Joris in zijn binnenste iets openknappen. Er leek vloeistof naar boven te stromen, warme vloeistof die zijn keel verdikte. Hij had de hitte kunnen wegslikken, maar dat hoefde niet. Ze stonden hier met z'n tweetjes, niemand lette op hen. Hij stond toe dat zijn ogen zich vulden met vocht.

Terwijl hij haar omhelsde, danste in de verte Jonneke onder de gekleurde lichtjes. Ze gooide haar armen in de lucht.

7

Als je je ogen dichtdeed, was het net of er een vrouw op hoge hakken over het stenen tuinpad kwam aan trippelen. Maar Joris durfde zijn ogen niet dicht te doen. Daarvoor liep hij net iets te wankel op zijn nieuwe Shimano-schoentjes. 'Meneer, toeclips zijn zo ouderwets, daar presteer je niets meer mee,' had Jan van de fietsenwinkel gezegd. Wielrennen was tegenwoordig een zaak van pompen. De pedalen naar beneden duwen en ze in één vloeiende beweging weer omhoog rukken, zo kon je kracht zetten. Geen gesjor meer aan kleine riempjes die je met je dikke vingers zo strak mogelijk probeerde te maken terwijl je voet wiebelde op de trapper. De fietser van nu had een klikpedaal onder zijn schoen die hem binnen een tel aan het metaal vastklonk.

Het was alleen oppassen als je wilde afstappen. Je moest het schoentje op tijd met een draaiende beweging uit het pedaal wrikken en de voet zo snel mogelijk op de grond zetten. Niemand hoefde te weten dat Joris dit een halfuur lang in de schuur had geoefend, steunend op de workmate die hij nooit gebruikte. Toen hij zich min of meer zeker voelde, was hij de keuken binnengestapt en had hij zijn hagelwitte bidon gevuld met een mix van water en AA Drink. *The challenging drink.*

Lidia had hem met een wazig lachje om haar lippen bekeken. 'Nou, veel succes met je nieuwe hobby, schat.'

Cynisme stond haar niet, meende Joris. Hij wist zo langzamerhand wel dat ze vond dat de racefiets, zijn nietsverhullende outfit, de bidon, de klikschoentjes en de hartslagmeter een veel te grote hap centen hadden gekost, maar het was zíjn lijf en hij wilde er goed voor zorgen.

Natuurlijk had ze hem murw willen beuken met het argument dat hij al zo vaak aan een nieuwe liefhebberij was begonnen. Hij wist echter dat dit iets anders was dan zijn klusmanie of kookfase, die allebei inderdaad niet lang hadden geduurd. Al kon hij nog altijd een fantastische biefstuk bakken, dat moest ze hem nageven.

Met één hand opende hij de schuurdeur. Hij wuifde naar de schimmige koppies achter het keukenraam, klikte zijn voeten in de pedalen en begon losjes te trappen. De steeg uit, de straat in, de hoek om. Hij zette aan en maakte vaart. Toen hij over de eerste verkeersdrempel reed, tilde hij professioneel zijn in zeemleer gevangen kruis van het zadel om te voorkomen dat de klap zijn ballen zou butsen. Hij suisde met gestrekte benen over het heuveltje. Het gaf hem een aangenaam weeïg gevoel in zijn onderbuik. Daar kwam een volgende drempel. En nog één. Joris was een en al cadans.

Twee keer was hij de straat heen en weer gefietst terwijl hij deed alsof hij Ramon niet zag staan. Pas toen hij hem voor de derde keer passeerde, haalde hij zijn turende blik van de weg, riep verbaasd 'Hé Ramon' en kwam met een fijn kneepje in de rem voor de voeten van zijn buurman tot stilstand.

Toen pas kruiste zijn blik die van de jongen die met Ramon stond te praten. Jongen was een verkeerd woord, realiseerde hij zich. De figuur die naast Ramon stond was een man. Een knappe man bovendien. Geen wijkende haarlijn, een kaak met een hoofdletter, onderarmen met licht opbollende aders die riviertjes vol vertakkingen vormden. Zo'n man van wie Lidia zou zeggen: 'O, die is too much hoor, die vindt zichzelf veel te aantrekkelijk en kijkt vaker in de spiegel dan een vrouw', waarna Sterre iets te snel en bijdehand zou roepen dat ie tenminste in een spiegel keek, want de meeste mannen konden best wat meer aan hun uiterlijk doen, kijk eens naar papa, die... En zo ging het maar door.

'Joris, dit is Rob. Rob, dit is Joris.'

De hand aan de onderarm kwam op hem af. Ferm pakte Joris hem beet. De handpalm voelde opmerkelijk zacht aan. Fluwelen kussentjes, als bij een poes.

'Rob komt in het huis op de hoek wonen. Je weet wel, die geengezinswoning.'

Joris forceerde een lach. Joris schudde de grijparmhand. Joris keek naar Rob en probeerde met zijn ogen te seinen dat hij ook wel wist dat het een stom geintje was, dat hij Ramon alleen niet kon afvallen. Maar Rob lachte mee.

48

'Goeie fiets,' zei Rob. 'Een kenner?'

'Jij blijkbaar ook?'

Ze grijnsden. Joris kuchte. Even was het stil.

'Rob is fotograaf,' riep Ramon enthousiast. 'Toch? Robbie?'

De nieuwe buurman knikte. Hij had veel gereisd omdat hij in allerlei windstreken zigeuners fotografeerde. Duizenden foto's had hij inmiddels gemaakt en er lag een aanbod van een uitgeverij op hem te wachten. Ze wilden dat hij een boek maakte. 'Een enorm karwei.'

Joris keek Rob een paar lange tellen aan. Een fotograaf die in talloze uithoeken zigeuners fotografeerde? Wat kwam hij in deze buurt zoeken? vroeg hij zich hardop af.

'Rust,' antwoordde Rob.

Anders kwam dat boek nooit af. De stad met zijn vieren-twintiguurs-aan-je-trekken-komenmentaliteit leidde hem te veel af.

Joris knikte. Tuurlijk man, dat begreep hij heel goed. Hij klopte Rob op zijn schouder. 'Rust zat hier. Maar ook beweging.'

Joris wees op zijn fiets, zwaaide zijn bovenbeen weer over de stang en klikklakte zijn voeten vast. 'Tot gauw. Ciao.'

Rob stak zijn duim naar hem op.

8

Alsof er een klein mannetje in zijn borst zat dat zijn hart gebruikte als boksbal, zo bonkte het ding achter zijn ribben. Het synthetische wielrenbroekje plakte tegen zijn bezwete dijen. Het deerde Joris niet. Hij duwde en trok. Niets bracht hem uit zijn ritme.

Waar hun woonerf eindigde begonnen de weilanden, en Joris had tijdens zijn eerste rondje meteen gekozen voor de lange dijkweg die berucht was om de harde wind. Binnen tien minuten gaf zijn hartslagmeter 168 aan. Pittig, maar dit kon hij volhouden.

Drie minuten later bedacht hij echter dat al te lang trainen op een hoog inspanningsniveau nergens goed voor was. Intervallen moest hij. Hij hield zijn benen stil en toen zijn hartslag weer op een relaxte 120 slagen per minuut zat, zette hij aan. Stoempen, sprinten, spugen, racen. Joris fietste harder dan hij ooit had gedaan. Hij wist dat de bejaarden die de dijkhuisjes bewoonden hem amper konden zien, zo snel ging hij. Een boer die zijn erf schoffelde keek geschrokken om zich heen toen hij langsraasde.

Joris' schouders schokten boven zijn stuur. Hij moest leren zijn lijf stiller te houden. Aan de andere kant: afgelopen zomer werd de Tour gewonnen door een Engelsman die volgens zijn ploegmaten fietste alsof hij een winkelwagentje aan het voortduwen was en intussen zijn mobiele telefoon tussen schouder en oor geklemd hield.

Nu Joris weer aanzette liepen de tranen over zijn gezicht. Het was de wind, wind die hij zelf produceerde. Hij zette niet alleen zichzelf in beweging, hij zette alles in beweging. Joris deed de lucht trillen.

Als hij zo doorging kon hij over een paar maanden de Franse Alpen in. Lidia zou hem uitzwaaien aan de voet van een bergmassa. De spot op haar gezicht zou plaats hebben gemaakt voor trots. 'Pas goed op jezelf,' zou ze hem toefluisteren. Hij zou knikken, speels tegen zijn helm salueren en als een soldaat de bergen in rijden.

Drie keer in de week een rondje, dat moest genoeg zijn. Vroeger op school zeiden ze al dat hij sterke benen had.

Veertig kilometer gaf zijn teller inmiddels aan. Dat was genoeg voor een eerste keer. Zijn wangen voelden warm aan, maar zijn ogen stonden helder, als van een man die exact wist waar hij vandaan kwam en waar hij naartoe moest. Hij sloeg af en nam de korte route naar huis. Welke berg zou hij het eerst aandoen? De Alpe d'Huez? Of lag dat te veel voor de hand? De Galibier anders? De Col de Menté?

Met zijn hoofd vol Franse Alpen keek hij even opzij toen hij langs Chinees restaurant De Muur fietste. Toen zag hij het: een man van tweeënveertig met een vlekkerig gezicht in een doorweekt oranje wielrenshirt dat spande om zijn buik. Die Alpe d'Huez bleek pal onder zijn middenrif te beginnen en bij zijn navel te pieken, met een dal dat zich net boven zijn schaamstreek bevond.

Zijn ketting begon te ratelen, tussen zijn schouderbladen zeurde het. Joris kneep in zijn remmen en stapte af.

9

'Je moet niet denken dat ik ongelukkig ben. Maar ik ben een streber. Ik wil altijd meer. Jij kent dat wel.'
Rob nam een trekje van zijn sigaret en blies rustig uit. Joris tuurde door het rookgordijntje zijn eigen tuin in. Eindelijk was hij stil na het eindeloze verhaal dat hij net had afgestoken. Hij had geen idee waar het allemaal vandaan kwam, want Rob had hem nauwelijks iets gevraagd.

Het was laat geworden vorige week, toen Lidia Rob had uitgenodigd een wijntje te komen drinken en eens kennis te maken. 'Je wilt toch weten wie je buren zijn,' had ze erbij gezegd.

'Jaja. Je vindt het gewoon een lekker ding, mam.' Terwijl Sterre dat zei draaide ze met haar schonkige heupjes. Lidia was er opvallend vrolijk bij komen staan. Ze deed zelfs mee toen Sterre voor de zoveelste keer haar modellenloopje oefende. 'Fierce!' hadden de dames geroepen toen ze aan het eind van hun in de woonkamer geïmproviseerde catwalk tot stilstand kwamen en een modellenpose – één been voor het andere en de handen in de zij – hadden aangenomen. Fierce.

Joris vond de modellenmanie van zijn dochter een beetje zorgelijk. Sterre was een kind, die hoorde niet heupwiegend door de wereld te paraderen. Ze begon ook van die malle maniertjes te ontwikkelen. Na iedere zin zwaaide ze haar haar van links naar rechts, als het kralengordijn dat in de jaren zeventig zijn moeders keuken van de woonkamer scheidde. Tot tweemaal toe zwiepte Sterre bij de kennismaking bijna het wijnglas van de nieuwe buurman van tafel.

Rob was beleefd blijven glimlachen. Hij had van zijn wijn genipt, Lidia gecomplimenteerd met haar uitstekende interieursmaak ('Mooi hoor, die sloophouten kast. Piet Hein Eek?' 'Nee, de meubelboulevard. Maar wel geïnspireerd óp Piet Hein Eek natuurlijk') en uitgebreid verteld over zijn reizende bestaan.

Toen de kinderen allang naar bed waren, hadden ze nog een hele tijd doorgekletst. Zelfs Lidia, die meestal rond een uur of twaalf omstandig begon te gapen, was met een rozig gezicht aan tafel blijven zitten.

Toen Rob zich deze zaterdagmiddag had gemeld, werd hij onthaald als een oude vriend. Lidia had koffie met opgeklopte warme melk en een snuifje kaneel geschonken, Daniel had hem een nieuw spel op zijn iPhone laten zien en Sterre waagde het te vragen of Rob eens wat foto's van haar wilde maken voor het portfolio dat ze naar een modellenbureau wilde sturen. Vriendelijk had Rob haar afgewimpeld. 'Ik maak nooit modeportretten, sorry. Stuur eens een schoolfoto in, daar kunnen ze ook heel veel op zien,' had hij gezegd.

De kinderen waren vrolijk weggestoven en Lidia had zich meteen daarna uit de voeten gemaakt: zij moest naar aquagym. Ze zwaaide ietwat onhandig ten afscheid. 'Doeg.'

Joris vond het geestig dat hij haar op flirten had betrapt. Hij wist zeker dat ze nooit zou vreemdgaan. Ze vond het al spannend om van ochtendkrant te wisselen, laat staan van man. Maar hij merkte dat ze van Rob vrolijk nerveus werd. Ze ging zich door hem meisjesachtig gedragen, iets wat Joris altijd aantrekkelijk aan haar had gevonden maar wat ze de laatste jaren steeds minder liet zien.

Joris ademde diep in door zijn neus en probeerde zo de sigarettenrook van zijn nieuwe buurman te inhaleren. Rob wees naar de heg. 'Heb je wel eens aan een steenoven gedacht? Is eens iets anders dan die eeuwige barbecue.'

Rob bleek er alles van te weten. 'Op Bali roosteren ze er hele varkens in. Dat is een vruchtbaarheidsritueel.' Uitgebreid begon hij te vertellen over de manier waarop de mannen en vrouwen daar zich op speciale dagen opdirkten, de oven lieten opgloeien en eromheen dansten om de goden te vragen hun veel nageslacht te schenken.

Even keek hij Joris peilend aan. 'Ach, wat lul ik nou. Jij hebt helemaal niets aan een vruchtbaarheidsritueel. Jij hebt je schaapjes al, toch?'

Joris haalde zijn schouders op.

'Niet?' vroeg Rob.

'Wat mij betreft wel, maar Lidia wil een derde kind.'

Het bleef stil. De afgemeten toon van Joris had de lichtheid van de ochtend doorbroken. Rob rookte, Joris joeg met een stokje een lieveheersbeestje op dat lag te dutten in de zon. Achternagezeten door Joris' houtje schoot het beest als een botsautootje in een te kleine arena heen en weer, tot het uiteindelijk wegfladderde.

'Jij niet?' vroeg Rob na een tijdje.

'Natuurlijk. Nou ja, ik weet het niet. Als ik die verhalen van jou over je reizen hoor denk ik: er is meer. Meer dan hier. Of zo.'

'Tja.'

Tja. Hij probeerde het uit te leggen maar verloor zich in een hakkelende monoloog waarvan hij halverwege geen flauw idee had hoe die moest eindigen.

'Huis

Heg

Tuin

Huis

Heg

Tuin

Eten

Werken

Slapen

Eten

Werken

Slapen

In het weekend

Het gras

En volgend weekend

Weer het gras

Barbecue in de zomer

Sinterklaas in de winter

En zo doen we het allemaal

De hele buurt

In een rijtje

Naast elkaar

Huis

Heg

Tuin

Huis

Heg

Tuin

Ik... ik weet niet zo goed wat ik wil zeggen, maar soms...'

Rob stak een sigaret aan en mompelde met de peuk tussen zijn lippen: 'Zou je het anders willen?'

'Ja.'

'Misschien moet je het dan eens anders doen.'

Joris grijnsde. 'Zeker barbecueën in de winter en Sinterklaas vieren in de zomer? Ze zien ons aankomen in de buurt.'

Rob haalde zijn schouders op.

'Niet dat ik me daar iets van aantrek natuurlijk. De mening van een ander boeit me niet. Lidia is alleen nogal bezig met wat mensen van haar denken. Dat terwijl ze vroeger... Niets was haar te veel. Tot zes uur 's morgens ouwehoeren in de kroeg, liften naar Spanje met vriendinnen. Nee, we hebben alles gedaan hoor.'

Rob knikte.

Met zijn duim wreef Joris over zijn onderlip. 'Ik heb eigenlijk geen idee waarom we nu niets meer doen. Gek is dat. Als je jong bent denk je dat je je hele leven alle kansen zal blijven hebben. Maar plotseling woon je in een buitenwijk, omdat het er zo veilig en groen is, en vergeet je dat je er ook weer uit kunt. Pas maar op, Rob. Voor je het weet zit je vast.'

'Wat zit je nou de gekooide man uit te hangen? Doe niet zo banaal. Je kunt toch iets ondernemen? Met Lidia. Je hoeft niet meteen naar India te trekken, maar elke dag dikbuikig samen Netflixen is wel het andere uiterste.'

'Jij vindt dat we een gezamenlijke hobby moeten nemen?' Joris keek spottend.

'Waarom niet? Volgens mij ben jij heel breed geïnteresseerd. Je kunt Italiaans studeren. Sushi maken. Kickboksen, hoewel ik Lidia dat niet zie doen.'

'Diepzeeduiken,' riep Joris.

'Sorry?'

'Ik las laatst dat ze hier in het zwembad cursussen geven.'

Joris begon Rob op zijn schouder te kloppen. 'Als Lidia eenmaal enthousiast is over dat duiken, weet ik zeker dat ze dat ook in de tropen wil doen. Wat een fantastisch idee, Rob.'

Rob grijnsde. 'Volgens mij heb je het helemaal zelf bedacht.'

10

'Vriend! Hé vriend! Waar is je windmachine?'

Op de rotonde in het winkelhart van de stad stond sinds een paar weken een man het verkeer te regelen met een bloempot op zijn hoofd. In zijn haar zaten zoveel knopen dat broedse lentevogels er een nest in konden bouwen. Soms barstte hij plotsklaps uit in gegiechel, andere momenten mompelde hij zacht. Hij stampte vaak van haringstal naar Kaasland naar bloemenkraam, maaiend met zijn armen terwijl hij fietsers naar links, auto's naar rechts en troepjes ouderen met looprekken linksaf dirigeerde. Het plantje op zijn kop wist hij wonderwel in evenwicht te houden.

Telkens als Joris met Lidia langs hem liep, beet ze hem toe dat hij zich aan de tweesecondenregel moest houden. Volgens Lidia moest je ervoor zorgen dat je gekken, zwervers en andere onduidelijke types nooit langer dan twee seconden aankeek. Als je dat wel deed, voelde dat voor hen als een uitnodiging voor een gesprek. 'Dat wil je niet, daar kom je nooit meer van af.'

Nu was Joris echter alleen. Hij stapte net met een kraslot

de Bruna uit, toen hij werd toegeschreeuwd door de bloem-potman. 'Waar is je windmachine, vriend?'

Joris keek hem dommig aan. De kerel op het kruispunt legde twee handen op een denkbeeldig stuur en bewoog zijn schouders van links naar rechts. Het plantje hobbelde mee.

'O, je bedoelt mijn racefiets,' riep Joris. 'Die staat tijdelijk in de schuur. Blessure.'

De bloempotman schuifelde naar hem toe, amper een mo-torrijder ontwijkend die net de hoek om kwam gescheurd. Joris had de tweesecondenregel duidelijk geschonden.

De zwerver kwam dicht naast hem staan. Een geur van ha-ring en whisky walmde Joris' neus binnen. 'Maar je hebt wel wind gemaakt,' raspte zijn stem in Joris' oor.

Joris keek hem vragend aan.

'Jij! Ik heb jou zien rijden, je vloog over de weg. Je hebt wind gemaakt, Joris.'

'Hoe weet je hoe ik heet?'

De bloempotman lachte. 'Ik sta hier dag en nacht. Ik weet alles. Ik weet dat jij Joris heet. Maar vanaf nu noem ik je Windman.'

Joris glimlachte. 'Wat voor soort is dat?' vroeg hij en hij wees naar het plantje.

'Een petunia.'

'Dan noem ik jou Petunia.'

Petunia stak een bruine, gevlekte hand naar hem uit. Zijn

nagels waren bleekgeel als bier. Even deinsde Joris terug. Toen schudde hij de klauw.

'Aangenaam.'

11

Hou je stem licht en vriendelijk. Blijf geïnteresseerde, open vragen stellen. Reageer niet op gemopper, gebok of gesteiger. Lidia wist precies hoe ze moest omgaan met de narrige puber die Daniel al de hele middag was.

Ze had het goed volgehouden. Zelfs toen Daniel had gezegd dat ze 'een dikke reet' in haar pas gekochte harembroek had, had ze er een lachje uit weten te persen en had ze gezegd: 'Beter dat dan dat scharregatje van jou.'

Ook nu hij met zijn hormonaal uitgeschoten lijf half onder de eettafel hing, liet ze haar ergernis niet blijken. De knokige gazellepoten waren lang genoeg om met zijn Nikes voortdurend tegen haar kuit te kunnen tikken, terwijl hij helemaal aan het andere eind zat. Ze schoof na iedere tik haar been een stukje opzij en deed net alsof ze niets merkte.

Joris schepte gretig een taco vol. Rode saus, niet te pittig, guacamole, gehakt, sla, tomaat, nog wat crème fraîche. In sterrenrestaurants schenen ze maaltijden tegenwoordig als torentje te presenteren. Een fliedertje vis, wat doorschijnende aardappelschijfjes, een laagje pastinaakcrème, weer wat vis en ga zo maar door. Als ze dit in *Elle Eten* las, vroeg ze zich af hoe mensen zo'n bouwwerk naar binnen moesten krijgen zonder dat allerlei onderdelen in hun haar en achter hun oren belandden. Nu ze Joris met zijn taco in de weer zag, vermoedde ze dat het er waarschijnlijk hetzelfde aan toeging. Je bleef net zo lang drukken en persen tot het eten plat genoeg was en je het enigszins beschaafd in je mond kon schuiven. Ergens was het een geruststellende gedachte. Van Joris in haar keukentje tot chique wereldburgers in het Amstelhotel, iedereen worstelde uiteindelijk met hetzelfde.

Lidia keek de tafel rond. Sterre had voornamelijk groenten opgeschept en ontdeed haar stukken tomaat met chirurgische precisie van hun vliesdunne jasje. Daniel maalde met open kaken op een hap guacamole, hoewel er aan gepureerde avocado natuurlijk niets te vermalen viel. Hij hield zijn blik op zijn bord gericht, intussen bleef hij haar onder tafel tikjes tegen haar onderbenen geven.

Om haar irritatie te onderdrukken riep Lidia opgewekt: 'Zo lieverds, vertél, hoe was het op school?'

Sterre barstte meteen los. 'We hebben zo gelachen, mam. Hedwig had een tweedehands bril gekocht en als ze die opzet, lijkt ze precies op meneer De Jeu.'

'De Sjeuuuu.' De stem van Daniel klonk hard. 'De Sjeuuuuu, zo spreek je dat uit. Jezus, ben je dom of zo?' Terwijl hij sprak spuugde hij stukjes avocadodrab in het rond.

Sterre haalde haar schouders op. 'Zeur niet. Ik zeg altijd

meneer De Jeu. We zaten dus bij Frans en toen ging Hedwig middenvoor zitten mét die bril op en ze hield haar handen achter haar oren zodat ze net zulke flaporen kreeg als De Jeu.'

Ze probeerde het voor te doen, maar ze moest zo lachen dat het haar amper lukte. Joris deed haar na, waarna ze helemaal dubbel lag.

Lidia sloeg het tafereeltje blij gade. Ze kreeg een harde schop onder tafel. 'Haha, wat een lol,' bromde Daniel.

Vriendelijk blijven. Een open houding. Alleen lichtjes corrigeren.

'Daniel, doe eens niet zo flauw tegen je zusje,' zei Lidia.

'Ik vind het kinderachtig,' bokte de gazelle.

'Wat ben jij chagrijnig,' zei Sterre.

Lidia keek haar kinderen een voor een aan. Ze lachte nog steeds. Kom op, praat gezellig, maak grapjes. Het avondeten is de belangrijkste gezinsbijeenkomst van de dag. Een ritueel van samen zijn, een moment van contact.

Het bleef stil.

Joris plette in opperste concentratie een taco tussen zijn dikke duimen en wijsvingers. Ernstig en gefocust bracht hij het geheel naar zijn mond, als een koorddanser die bij het eerste het beste kuchje uit een metershoge stellage kan kukelen.

'Joris!' siste Lidia. 'Joris, nu jij. Je weet wat we hebben afgesproken.'

Snel keek hij op, waarbij de taco kantelde en er een golf

gehakt als braaksel op zijn bord spatte.

Geschrokken keek hij haar aan. Wat? Lidia seinde met haar ogen richting Daniel. 'Wij zeggen hier in huis geen boze woorden tegen elkaar. Toe. Vertel het hem.'

'O ja, ja.' Uiterst rustig draaide Joris zijn stoel naar zijn zoon. Hij boog zich voorover en bracht zijn gezicht zo dichtbij dat het joch hem recht in de ogen moest kijken.

'Daniel. Is er iets, jongen?'

'Nee, niks.'

Lidia draaide zich ook richting Daniel, ze leunde met haar gewicht op Joris' dijbeen, legde haar hand op de knie van de puber en zei op haar vriendelijkst: 'Jawel, lieverdje. Je bent al de hele middag niet te genieten.'

'Laat maar.'

Lidia schudde wijs haar hoofd. 'Nee nee nee, ik wil geen geheimen hier aan tafel. Kom op. Wat zit je dwars?'

Daniel keek met grote ogen naar zijn ouders die als EO-landdagjongeren een en al openheid zaten uit te stralen en hem onderwierpen aan een glimlachinquisitie.

'Ze is schijnheilig.'

'Hoezo schijnheilig?' Sterre zat erbovenop.

'Laat maar.'

'Wat bedoel je, Daniel?' vroeg Lidia.

'Ik zei toch: laat maar.'

Lidia keek naast zich. Joris zat aldoor begripvol te knikken met die labradorkop van hem. Net zo'n plastic wiebelhondje

66

dat op de achterbank van sommige auto's vastgeplakt was.

Lidia stootte hem aan. 'Toe.'

'Zeker.' Joris rechtte zijn rug. Hij boog zich opnieuw naar Daniel: 'Nee, zo doen wij dat niet. Als je iemand beschuldigt, moet je ar-gu-men-ten hebben. Waarom noem jij je zusje schijnheilig?'

Daniel reageerde niet. Hij kraste met zijn vork over zijn bord.

'Daniel? Daniel?'

Plotseling sprong Daniel op. 'Wat zitten jullie mij nou lastig te vallen? Altijd als ik thuiskom is het van "Hoe was het op school, schatje? Wat heb je gedaan, poepje? Waar denk je aan, kindje?". Vraag liever eens aan Sterre waar zij aan denkt.'

'Dat vertelt ze toch,' zei Lidia vriendelijk.

'O ja? Geloven jullie echt dat ze alleen met de bril van meneer De Jeu bezig is? O, dat was het hoogtepunt van de dag: Hedwig die meneer De Jeu nadeed. O hihihi, wat was dat geestig. Weet je wat het hoogtepunt van haar dag was? Dat ze stond te lebberen in de stad.'

Sterre was ook opgesprongen. 'Wat?!'

Daniel bleef roepen. 'Ja, ik heb je wel gezien. Je stond daar. Met Tim. Toen ik met Jessie was, kreeg ik de ene preek na de andere van papa en mama. Dat ze te jong was, dat ik niet zo ordinair op straat met haar mocht lopen vozen. En jij? Jij liet je godverdomme vandaag helemaal aflikken door die gozer.

Iedereen kon het zien. Volgens mij had ie zijn hand in je onderbroek.'

Lidia prikte ritmisch in de komkommerschijfjes op haar bord. Het was zover. Dit was onvermijdelijk geweest. Met haar kin bewoog ze naar Joris. Het zou zo lekker zijn als hij nu flink kwaad werd. Dat hij door het huis zou bassen dat Sterre veel te jong was voor seks. Dat ze een bloem in de knop was. Dat ze haar bloempje niet mocht laten plukken. Nou ja, zoiets. In elk geval een paar autoritaire zinnen, zodat zij als milde, liefdevolle moeder haar dochter juist begripvol kon toespreken. *Good cop bad cop* uithangen was een uitstekende opvoedmethode. Ook als je wilde dat je dochter nog niemand in haar slipje toeliet.

Maar Joris zat alleen te grijnzen. 'Wat lach je nou?' vroeg ze.

Hij giechelde. 'Tongen met Tim. Het klinkt zo geinig.'

'Geinig?' Daniels stem sloeg over. 'Weet je dat Tim al achttien is?'

Door de kramp in haar borstkas realiseerde Lidia zich dat ze was vergeten te ademen.

Sterre schreeuwde tegen Daniel dat het schandalig was dat hij haar had staan bespioneren. 'Je lijkt de NASA wel. Of ik bedoel de NAVO.'

'Je bedoelt de NSA, schatje,' hikte Joris.

Lidia kon zich niet meer inhouden en vroeg veel te hard: 'Sterre, is het waar?'

'Wat doet dat ertoe? Daniel heeft me stiekem staan begluren, dat is belachelijk.'

'Ik wil weten of het zo is. Heb jij inderdaad met zo'n jongen staan zoenen in de stad?'

'Met zo'n jongen?'

'Met een meerderjarige jongen.'

'En wat dan nog? Hoezo mag ik alleen met een peuter van mijn eigen leeftijd zoenen? Een tong is een tong, hoor.'

'Och hemel.' Lidia legde haar kin in haar hand omdat haar hoofd te zwaar leek om alleen door haar nek rechtop te worden gehouden. Ze zuchtte.

'Nou ja, Lidia...'

Nu ging die hondenkop zich er wel tegenaan bemoeien? Lidia negeerde haar man en zei tegen Sterre: 'Liefje, we hebben het hier over gehad. Zo'n jongen wil misschien dingen waar jij helemaal niet aan toe bent.'

'Hoe weet jij nou waar ik aan toe ben?'

'Wie weet wat ie allemaal al met andere meisjes gedaan heeft. Ik heb je toch uitgelegd dat wat je op internet ziet niet echt is? Seks is iets heel moois, daar moet je langzaam samen naartoe groeien.'

'Ach,' mompelde Joris. 'Misschien heeft die jongen nog helemaal niet zoveel ervaring.'

Haar stem klonk te schel, ze kon het niet helpen. 'Joris. Sta jij achter me of niet? Eén lijn, weet je nog? Eén lijn.'

Joris haalde zijn schouders op. 'Natuurlijk sta ik achter je.

Maar wij zijn toch ook jong geweest. Sterre heeft veel vriendinnen en nu wordt het tijd voor het manlijke geslacht. Nou ja, manlijk, ook op hun achttiende zijn het nog jongens. En die Tim is vast heel aardig.'

Toen deed Lidia wat ze had gezworen nooit te zullen doen. Ze sprak dat ene zinnetje uit, de woorden waar ze zich de rest van haar leven voor zou schamen en die ze had gezworen nimmer te zullen zeggen. Niet zoals hij. Dat je als je ouder wordt steeds meer op je moeder gaat lijken, had Lidia geen punt gevonden. Haar moeder was een voorbeeld. Maar haar vader? Van hem had ze niets weg.

Toch galmde het door het huis.

'Hartstikke leuk, maar hij moet wel met zijn poten van mijn dochter afblijven.'

Nadat ze het had geroepen, had ze geschrokken op haar lip gebeten. Rode saus lag als bloedspetters op de tafel, haar dochter stond verwilderd in dat veel te korte Coolcat-jurkje van haar om zich heen te kijken, Daniel schepte woest met drie vingers de bak guacamole leeg en Joris klapte twee keer in zijn handen en zei gemaakt vrolijk: 'Nou, jongens, laten we hier eens goed met elkaar over praten.'

Lidia's slapen bonkten. Ze schudde haar hoofd. 'Ik wil helemaal nergens over praten.' Ze slofte de kamer uit. Eindelijk had haar stem weer zacht geklonken.

12

Ze had musk verwacht. Of kaneel. In ieder geval iets exotisch. Maar Rob rook naar niets anders dan sigaretten.

Ze stond hier eigenlijk al te lang, met haar wang tegen zijn borstkas. Hij scheen er niet ongemakkelijk van te worden. Geen goedbedoelde schouderklopjes, geen 'Joh het komt wel goed'-opmerkingen die eigenlijk betekenden: 'Wil je alsjeblieft zo snel mogelijk weer normaal doen?'

Er was weinig voor nodig geweest om haar in huilen te doen uitbarsten. Na het tacodiner was ze de straat op gelopen. Rob stond tegen de rode brievenbus aan geleund.

'Gaat het?' was het enige wat hij had hoeven te vragen. Ze had haar hoofd geschud en meteen daarna was de kraan opengedraaid. Tranen, snot. Tussen de uithalen door wist ze er een zinnetje uit te persen.

'Sterre blijkt een vriendje te hebben. Een jongen die veel ouder is.'

'O.'

'Ik zal vast overdrijven maar ik zie steeds voor me hoe...'

Rob sloeg een arm om haar heen.

In haar hoofd maakte ze de zin af. Hoe zo'n hormonaal gedreven gast met zijn vieze vingers in haar dochters onderbroekje zou wroeten, zijn zwarte nagels die op jacht gingen naar dat kleine meisjesmondje dat tot nu toe voor iedereen gesloten was gebleven. Dankbaar keek ze haar buurman aan. Het was zo heerlijk dat hij helemaal niets zei. Ze kon zich niet herinneren wanneer ze voor het laatst zo dicht tegen een man aan had gestaan die niet de hare was, maar het voelde geen moment onnatuurlijk.

Net zo natuurlijk was het om hem ook weer los te laten. Het huilen was gestopt. Met twee snelle halen veegde ze haar loshangende haar bij elkaar en stak het vast met de haarklem die ze in haar jaszak had.

'Sorry hoor, jij had je je avondwandeling vast heel anders voorgesteld.'

'Ik probeer me van tevoren zo min mogelijk van dingen iets voor te stellen.'

'Je moet me eens leren hoe je dat doet,' zei ze met een glimlach.

Ze deed de rits van haar jas dicht, tot onder haar kin.

13

Ze moest er gewoon even bij gaan liggen, had de instructeur goedmoedig gezegd. Maar nu spartelde Lidia op haar rug en werd het er bepaald niet gemakkelijker op. Met knokkels rauw en rood van de stugge stof probeerde ze haar badpak tussen haar billen uit te plukken, maar ze kreeg haar hand niet voorbij haar heupen. Het duikpak dat eromheen gespannen was, zat te strak.

Centimeter voor centimeter had ze het dikke droge rubber over haar benen moeten wrikken. Ze voelde zich een rups die zich langzaam inkapselt in zijn cocon. Ze wist alleen zeker dat ze niet zou transformeren tot een vlinder. Ze was een iets te dikke blonde dertiger die zo nodig moest leren duiken.

Joris altijd met zijn ideeën. Hij had het pak al aan. Lekker dan. Hij was duidelijk te zwaar, maar mannen hebben geen heupen en kunnen in zo'n outfit voor zichzelf de illusie in stand houden dat ze jonge, tanige antilopen zijn.

Zij daarentegen bevond zich nog steeds in horizontale positie. Een schaap dat op zijn rug belandt kan nooit meer zelfstandig overeind komen, had ze wel eens gehoord.

Geweldig.

Een schaap in een duikpak.

In de zwemhal leek het minstens veertig graden. Lidia keek vanaf de kant het water in. Duikinstructeur Mike – geblondeerd piekhaar en drie dolfijnentattoos – lag naar haar te wuiven.

Lidia's zwemvliezen trilden boven het wateroppervlak.

'Waarom willen we dit ook alweer?' vroeg ze aan Joris, die naast haar in de hitte stond te puffen.

'Omdat er straks een wereld voor ons opengaat, meisje. Prachtige anemonen, zee-egels, vissen in alle kleuren. Je hoeft alleen maar te springen.'

Lidia kneep haar neus en ogen dicht. Ze voelde hoe een zweetdruppel vanuit haar nek langzaam over haar rug droop en haar bilnaad in rolde.

'Toe lieverd, spring dan,' riep Joris.

Lidia liet haar neus los en deed haar ogen weer open. 'Wat als er water in dat tuutje komt?'

'Dat komt er niet in. En anders moet je heel hard uitademen, waardoor je het er vanzelf uit blaast. Echt, er is niets aan de hand. Kom. Houd je neus dicht. Let op je ademhaling.'

Lidia kneep weer in haar neus en veerde langzaam door haar knieën.

'Dat ziet er hartstikke goed uit.'

Joris had zijn voetbalcoachstem opgezet. Die gebruikte hij

ook in de tijd dat Daniel nog balletjes met hem trapte. Licht potsierlijk was dat altijd geweest. Een grote hijgende volwassene die links en rechts werd gepasseerd door een jongetje van tien en het toch nodig vond zo nu en dan 'Goed aangenomen, jongen' of 'Hou je ogen op de bal' te roepen.

Lidia bleef door haar knieën veren. Iedere keer dat haar lichaam omhoogkwam, leek het of ze ging springen, maar telkens ging haar lijf als vanzelf weer omlaag. Ze zette niet af, ze ging slechts op en neer.

'Spring, liefje. Spring.'

Met een ruk trok Lidia de duikbril van haar hoofd.

'Nee, ik durf het niet.'

'Het is helemaal niet eng.'

'Ik doe dit gewoon niet.'

Joris keek haar bedremmeld aan. Hij leek iets te willen zeggen, maar toen klonk de stem van Jonneke.

'Joehoe!'

Daar kwam ze aangetrippeld. Lange dunne benen, een sportief badpak, brilletje op haar neus. Ze had verrassend veel weg van juffrouw Ooievaar.

'Waar zijn jullie mee bezig?' lachte ze. 'Doen jullie die duikcursus? Ach, wat een flauwekul. Joris, kijk je vrouw daar nou staan. Ze is doodsbenauwd. Lidia, laat je niet gek maken door die malle man van je. Met z'n verjongingsdrift. Ja, dat is het toch? Dat kunnen we toch wel zeggen? Joris, joehoe, je bent in de veertig. Veerrrrrrtig. Ga je eens een beetje zo gedragen. En Lidia, duiken is niets voor jou. Veel te eng. En een beetje viezig. Kom lekker mee aquajoggen. Over vijf minuten begint er een lesje.'

Dankbaar keek Lidia haar aan. Aquajoggen was veel geschikter voor haar, dat zou ze doen. Maar dan moest ze zich wel even uit dat rubberen keurslijf wurmen.

14

Twee lijken, opgehangen aan een lang koord, wiegden lusteloos mee met de avondbries. Armen zonder spierkracht, benen die zwaar naar de aarde werden getrokken, stoffen om-
hulsels zonder geest, zonder ambitie, zonder onrust, zonder
drift. Als de dood er zo uitzag, stond die hem niet eens zo
tegen.

Twee keer persen, meer was er vanavond niet nodig. Maar
hij zat zo lekker, met al dat groen om zich heen. Hij tuurde
naar de waslijn, waaraan de duikpakken hingen na te drui-
pen.

Hoelang deed hij dit al? Zeker een jaar. Thuis kon hij nooit
alleen zijn. Zelfs als ze allemaal de hort op waren en hij even
alleen achter de computer zat, was zij er. Als hij keek naar
dames die alles waren wat zij niet was, was hij zich daar heel
erg bewust van. En dan was ze er dus toch.

Hier was ze niet. Op het moment dat hij zijn darmen leeg-
de, was zij nergens te bekennen. Zij en poep waren twee on-
verenigbare grootheden. Hij kon zich niet eens voorstellen
dat zij zelf stront produceerde. Niet omdat vrouwen niet zou-

den poepen, hij was niet achterlijk, maar meer omdat hij zich niet kon indenken dat zij zich daadwerkelijk zou ontlasten.

In Japan hadden ze wc's voor dames waar met een druk op de knop het geluid van een waterval door de ruimte galmde. Dit om te voorkomen dat iemand buiten de deur wellicht poep- of piesgeluiden zou horen.

Het was misschien raar, maar het ontroerde hem altijd als hij haar licht hoorde zuchten wanneer hij langs de dichte deur van de badkamer liep. Vaak kuchte hij even, zodat ze merkte dat hij er was op het moment dat de zware substantie in een laag water zou ploepen. Hij wist haast zeker dat zodra de drol aan zijn steile afdaling richting riool begon, zij een tikje opveerde, alsof het ding niets meer met haar te maken had.

Helaas kwam het zelden voor dat hij haar hoorde poepen. Zij droeg haar last zo lang als ze kon. Die mindfulnessleraar van haar had zijn mond vol over het grote loslaten. Wie losliet zou vrij zijn in zijn hoofd. Maar zij liet niets los. Ze hield vast tot alles verkrampte.

Als hij niet uitkeek verkrampte hij samen met haar. Daarom zat hij hier. Hij besloot wat langer te blijven. Dat kon best, in de woonkamer gingen ze helemaal op in *Holland's Got Talent*, hij werd niet gemist.

Hier zag hij zichzelf pas echt. Het rook groen. Hij was dicht bij de natuur, dicht bij wat hij wezenlijk was. Een leeg omhulsel zwiepend aan een waslijn in de buitenlucht.

15

Als een pistool, zo hield Rob zijn duim en wijsvinger pal voor Joris' gezicht. De wijsvinger priemde bijna in zijn rechteroog, terwijl de duim kaarsrecht naar boven wees. Toen verscheen Robs andere hand. Het topje van zijn linkerwijsvinger legde hij op zijn rechterduim, zijn linkerduim raakte zijn rechterwijsvinger.

'Kijk, zo heb je een vierkantje. Dit is het kader waar je doorheen kijkt.' Joris tuurde. 'Alles wat erbuiten valt komt niet op de foto.'

Joris knikte begrijpend. Ze stonden dicht bij elkaar. Joris kon de haartjes op Robs armen tellen. Hij tuurde door het vingerraampje. 'Stel dat ik een foto van Sterre wil maken, dan plaats ik haar in het midden van mijn kader en kijk ik wat eromheen zichtbaar is.'

Rob en Joris tuurden naar Sterre, die buiten op het tuinhekje een mandarijn zat te eten. Haar haren zaten springerig rond haar hoofd, als pluis rond een paardenbloem, en telkens als ze haar mond opende om er een nieuw partje in te duwen, ontsnapten er pluimpjes ochtendkou.

'Fotogeniek,' bromde Rob.

'Laat het haar maar niet horen,' zei Joris. 'Die meiden van nu denken op hun elfde al dat ze vrouw zijn. Sterre is veertien en ze gedraagt zich als een Hollywood-diva op leeftijd.'

Rob lachte. 'Zonde eigenlijk dat die meisjes niet inzien dat ze zonder al dat gedoe op hun knapst zijn. Ze proberen groot te lijken, maar intussen ruiken ze nog naar babypoeder. Kijk hoe ze zit. Echt een klein meisje zo, met bungelende beentjes op een hek. Niks vrouw. Op haar allermooist.'

Joris gaf Rob een por. 'Je weet het aardig te zeggen. Ben je altijd zo'n poëet geweest? Daar zijn de vrouwen dol op zeker.'

Rob gaf zijn camera aan Joris. 'Maak die foto nu maar. Goed kijken naar je frame. Die boom links half in beeld, de achtergrond een tikje wazig en Sterre pal in het midden.'

Joris klikte. 'Je hebt talent,' zei Rob.

'Ik heb misschien een zeker gevoel voor compositie. Ik was op school best goed in tekenen. Ik hou van dat artistieke.'

Maar een camera kopen... Lidia zag hem aankomen. Hij had net een godsvermogen aan wielrenspullen uitgegeven. Die gebruikte hij momenteel niet, nee, want zijn knie speelde op.

'Ik geloof niet dat Lidia blij wordt van een nieuwe hobby,' bromde Joris. Hij vertelde over de avond daarvoor. Lidia had hem zijn onrust verweten. 'Echt middelbaremannengedrag. Steeds iets nieuws omdat je bang bent dat je wat mist in het leven. Je bent een cliché op pootjes,' beet ze hem toe.

'Jij niet dan?' had hij gereageerd. 'We hadden het er vroeger altijd over dat we niet burgerlijk zouden worden. Moet je nu eens zien.'

'We zijn niet burgerlijk.'

'Lidia, we hebben een Lundia-boekenkast.'

'Die wilde jij.'

'Ik zeg ook niet dat het jouw schuld is, maar kijk nou eens van een afstandje. Zweef eens als een vogel boven ons huis. Wat zie je dan?'

'Ik zie een veilige plek, een dak zonder lekkage, een tuin die bloeit, gelukkige kinderen, een tevreden stel. Althans, dat dacht ik te zien. Nu heb ik opeens een man met een midlifecrisis.'

Hij vond dat zo laag. Hem een midlife verwijten omdat hij snakte naar lucht. Hij wilde heus niet opeens een jong ding, die eeuwige motor of een tatoeage van een bontgekleurde roofvogel op zijn rug.

'Wat wil je dan wel?' riep Lidia.

Ja, wat wilde hij eigenlijk? Hij wilde het weer voor het zeggen hebben. De truc was om zo te leven dat het je niet overkwam. Wie streefde naar geluk – en deed zij dat ook niet met haar mindfulnesscursussen en rozijnenkauwsessies – moest zichzelf het gevoel geven dat geluk maakbaar was, dat hij de eindverantwoordelijke van zijn eigen film was, de regisseur, degene die deed wat hij zelf wilde. Het moest niet zo zijn dat het leven voor jou zou kiezen. Dat probeerde hij Lidia uit te leggen.

'Wat als dit nou het beste is wat je kon overkomen?' vroeg ze kleintjes. 'Een gezin, een vrouw, een huis. Wat als dit het is? Moet je je daarvoor schamen? Moet je de eeuwige zoeker uithangen terwijl je het mooiste al gevonden hebt? Thuis. Wat als thuis het beste is wat je kon overkomen?'

Joris had geen antwoord op die vraag. Hij had zich alleen doodmoe gevoeld.

'Je mag van mij wel een tijdje een camera lenen, hoor.' Rob haalde hem uit zijn gedachten aan de vorige avond. 'Je hebt nu toch het kamertje van oma over? Dan maak je daar een doka van.'

'Meen je dat?'

'Natuurlijk. Zo heb jij een plek om je af en toe terug te trekken. Even alleen. Lekker in het donker. Dat willen we allemaal wel. Toch?'

Joris keek op. 'Hoe bedoel je?'

'Nou ja, je hebt een druk leven. Een ruimte voor jezelf om een beetje creatief te pielen, dat bedoel ik. Meer niet. Wat kijk je raar.'

'Sorry, je hebt gelijk. Een doka, dat gaan we ervan maken.'

'Hé en Joris... het is vooral een cliché om iedereen een cliché te noemen.'

Joris lachte. 'Daar moet ik over nadenken.'

'Feit is: we lopen allemaal vast en we willen allemaal uit-breken. Of je nou in een Vinex-dorp woont of met je rugzak de Andes overtrekt. Er komt een moment dat we weg willen. Dat is geen cliché, dat is het leven.'

Joris knikte langzaam. Hij maakte een vingerraampje en tuurde in de verte.

16

Ze was een veulen, de dochter van Joris en Lidia. Hoog op de benen paradeerde ze door de buurt. Af en toe knikte een knie de verkeerde kant op, waardoor ze bijna haar evenwicht verloor, maar nooit viel ze om. Ze had zich een modellenloopje eigen gemaakt, met samengeknepen billetjes, een boze blik en armen die niet meer fladderden maar gecontroleerd met open handen langs haar lijf zwaaiden. Evelien mocht graag naar haar kijken. Een meisje nog, dat met grote passen haar onzekerheid probeerde te verbloemen. Dit kind echter durfde zich te laten zien. Dat had Evelien heel wat meer tijd gekost.

Zo lang was ze angstig geweest, bang zich te tonen. Ze was er als meisje vaak liever niet dan wel. Daar was op het eerste gezicht geen enkele reden toe. Ze kwam uit een warm nest, zoals ze dat in de *Margriet* zo aardig omschreven. Moeder die na school in de keuken wachtte met Fristi, vader die werkte als slager en dus altijd thuiskwam met de lekkerste stukken spek, zwoerd of rib. Zaterdagavond spelletjes doen, zomers kamperen in Drenthe.

Wel was het jammer dat Evelien vaak alleen moest spelen. Haar ouders hadden het geprobeerd, maar er was geen broertje of zusje meer gekomen. 'Aan jou hebben we meer dan genoeg,' riep Eveliens moeder nadrukkelijk vrolijk als ze ernaar vroeg.

Het verplichtte Evelien om geen problemen te veroorzaken. Zij was het enige kind, dus zij mocht niet teleurstellen. Dat deed ze ook niet. Ze kwam goed mee op school, was vriendelijk, beleefd en vooral weinig zichtbaar. Niemand had last van Evelien.

Pas toen ze het huis uit ging en zich bij Schoevers aanmeldde, veranderde dat. Het was alsof iemand het licht aan had gedaan en een spotje pal op Evelien had gericht.

Ze begon te ratelen. Ze vertelde, ze kletste, ze praatte. Als ze met haar klasgenoten in de kroeg hing, tijdens de typeles, wanneer ze op het tennisveld stond. Evelien praatte. Tweehonderdvijfentwintig aanslagen per minuut. Vriendinnetjes uit haar jeugd die haar later weer tegenkwamen, wisten niet wat ze meemaakten. 'Wat ben jij veranderd.'

Natuurlijk wist ze dat ze in de wijk bekendstond als babbelziek. Maar niemand realiseerde zich wat er zou gebeuren als zij de buurtbarbecue niet opfleurde met haar verhalen. Er zouden stiltes vallen, kraterdiepe gaten in het gesprek. Lidia zou glimlachen en intussen met een krampende maag rondlopen, Jonneke zou weer eens de schaal hapjes verversen, Ramon zou een grapje maken dat niemand begreep maar waar Joris goedmoedig iets te hard om zou lachen. Zo zou de avond zich voortslepen in een extreem vertraagde slow motion.

Evelien zag dit en voorkwam een sociale ramp door te praten, door belangstelling te tonen, door armen om mensen heen te slaan. Geen hond die het opmerkte. Natuurlijk, ze viel wel op, want om haar kon je niet heen, maar niemand zag precies wat ze voor hen deed.

Dat gaf niet. Evelien hoefde geen erkenning. Ze hield van haar buurt, van haar buren, van hun naburigheid. Dit was haar plek, hier voelde ze zich niet alleen, van deze mensen hield ze. Van hen allemaal. Ook van dat veulen dat nu langs haar voorraam paradeerde en haar manen van het ene naar het andere schoudertje zwiepte.

Op de hoek van de straat rookte Rob een sigaret. De mouwen van zijn zachte grijze sweater opgestroopt, alsof hij elk moment een gigantische kuil kon graven of een ander manlijk klusje zou doen.

Evelien had hem vaak bekeken. Hij vertoefde meer buitens- dan binnenshuis, was haar opgevallen. Hij struinde door de buurt, altijd met een camera om zijn nek. Dat was niet gek, de man was fotograaf, hij bestudeerde het leven. Maar zij had het gevoel dat ze hém moest bestuderen.

Het kwam door iets wat Veerle op de tennisclub had gezegd. 'Ik vertrouw dat soort al te ideale alleenstaande mannen niet.' Evelien had er in eerste instantie om moeten lachen. Je kon het Rob moeilijk kwalijk nemen dat hij geen lelijkerd was. Maar Veerle was verdergegaan. 'Ik ken die Rob ergens van,' zei ze.

En toen vertelde ze dat ze een reportage van *Brandpunt* had gezien over een pedofiel die terug had willen keren naar zijn oorspronkelijke woonplaats. 'Ene R. van L. Hij zou iets onduidelijks hebben geflikt met jonge meisjes en daarvoor veroordeeld zijn. Hij had zijn straf uitgezeten, maar toen hij weer naar zijn huis terug wilde, kwamen buurtbewoners daar achter. Die hebben zijn hele gevel beklad, en toen heeft de burgemeester gezegd dat hij voor zijn eigen veiligheid een andere woonplaats moest zoeken.'

Evelien had haar schouders opgehaald. 'Nou en?' Veerle keek haar wat onzeker aan. 'Ze lieten natuurlijk geen foto zien, maar wel een compositietekening. En van de man op die tekening heeft Rob veel weg. Die *Brandpunt*-uitzending was een week of zes geleden, ik heb haar gisteren voor de zekerheid teruggekeken op Uitzending Gemist. Hij is sprekend Rob. En wat weten we nou van hem? Waar komt hij vandaan? Waar zat hij vorig jaar rond deze tijd? Waarom heeft hij geen vrouw en kinderen? Wat moet hij in een Vinex-wijk? Ik vind het raar.'

Evelien liet haar racket met een speels plofje tegen de kuit van Veerle veren. 'Je moet niet zo gek doen. Rob is een prima vent en zeker geen viezerik. Bovendien heet hij Goudsmit. Dat is dus niet Van L. Ik denk dat het de Van L. is van Laatmaarzitten,' zei ze lachend. De rest van de middag hadden ze het er niet meer over gehad.

Toch ging de afgelopen dagen het gesprekje zo nu en dan door Eveliens hoofd. Het was natuurlijk onzin, maar je las inderdaad soms verhalen over kinderrijke buurten waar zomaar een pedofiel bleek te wonen, zonder dat iemand het wist. Je moest er niet aan denken. Stel je voor dat zo'n man iets uitvreet met jouw kind en jij hebt het niet gezien. Of niet willen zien. Puur omdat de buurman zo aardig was. Omdat hij altijd aanbood op te passen en dat goed uitkwam. Omdat de kinderen graag bij hem speelden. Het kon beginnen met middagjes wiiën en eindigen met de vraag of de kinderen eens aan buurmans joystick wilden zitten.

Ach gadverdamme, wat pervers. Op deze manier maakte ze zichzelf gek. Met een ruk stond Evelien op van de keukentafel en begon kranten bij elkaar te zoeken. Ze zou het oud papier eens wegbrengen. Ze kwam dan toevallig langs Robs huis.

Met een grote Euroshoppertas vol reclamefolders, tijdschriften en kranten stapte Evelien de deur uit. Wie haar zag zou kunnen denken dat ze sloop, zo voorzichtig liep ze langs de heg. Wat rook het trouwens verschrikkelijk naar poep hier. Je zou haast vermoeden dat Jonneke Cleo tussen de struiken zijn behoefte liet doen. Het leek haar echter niets voor haar buurvrouw, die al met een plastic zakje in de hand klaarstond nog voor de hond aandrang leek te hebben. Maar ze zou er eens over beginnen.

Stilletjes zeulde Evelien haar vracht langs de heg, ze kwam steeds dichter bij de hoek van de tuin.

'Zo belachelijk, ze kennen hem niet eens.' Het stemmetje van Sterre klonk boven de struiken uit. 'Hij is echt knap, heeft supermooie bruine ogen en zwarte krullen. En hij is heel lief voor me.'

Evelien had van Lidia gehoord over die Tim. Ze begreep Lidia. Natuurlijk maakte ze zich zorgen, al vond ze het een tikje gek dat Lidia zo verbijsterd deed over het leeftijdsverschil. Dit had ze toch kunnen voorzien? Ze had zich hierop moeten voorbereiden. Meisjes waren nu eenmaal altijd geïnteresseerd in oudere jongens. De mannetjes in hun eigen klas waren nog week. Ze hadden een harde puberale schil, een pantser vol Fuck dit en Fuck dat, maar vanbinnen waren ze als te zacht gekookte eieren. Snotterig, het geel warrig vermengd met slijmerig gebroken wit. Ze hadden geen idee wie ze waren, waren te nat. Wanneer de schaal zou breken, zou hun binnenste uitvloeien als een vlekkerige plas op de stoep voor de supermarkt. Geen wonder dat de meisjes, zelf ook nog een plasje vanbinnen maar al iets rijper, liever keken naar oudere jongens. De jongens met identiteit. Uitgehard.

'Zo zo, geslaagd voor zijn vwo met twee extra vakken. Knap, hoor,' zei Rob.

'Ja. Hij gaat sociologie studeren. Hij is erg geïnteresseerd in intermenselijke relaties.'

Dat kon je wel zeggen, dacht Evelien. Ze stond stil, ietwat gebocheld, pal achter de heg, minder dan vijf meter bij Sterre en Rob vandaan.

'Weet je wat we moeten doen?' riep Sterre uit. Ze had Robs arm stevig vastgepakt en schudde hem heen en weer. Hij lachte.

'We moeten hem uitnodigen voor het straatfeest. Ken je dat niet? Elk jaar op 15 juni hebben we een feest hier in de buurt. Steeds in een andere straat. Vorig jaar was het in de Mozarthof...'

Rob neuriede meteen *Eine kleine Nachtmusik*.

'... en het jaar daarvoor deed de Tsjaikovskistraat het allemaal. Dat was heel tof, ze hadden zelfs een chocoladefontein...'

Hopsa, daar floot Rob de eerste maten van *De Vijfde Symfonie*.

'... en dit jaar zijn wij van de Beethovendreef aan de beurt.'

Ta-da-da-daaaaaaa, brulde Rob.

Sterre keek hem met een scheef gezichtje aan en begon te giechelen. 'Wat doe jij nou?'

'Meisje, jij weet echt niets van klassieke muziek. Leert vwo-Tim jou niets?' vroeg Rob semistreng.

'Die houdt vooral van hiphop.'

'O ja. Natuurlijk.'

Het viel stil. Sterre hield haar ogen naar hem opgericht. Ze straalde hem tegemoet en leek niet van plan als eerste weg te kijken. Rob kuchte. Hij stak een nieuwe sigaret op. Sterre bleef kijken.

De hengsels van de oudpapiertas trokken groeven in het vlees van Eveliens schouder. Als ze nu tevoorschijn kwam, zouden Rob en Sterre denken dat ze ze had bespioneerd. Wat niet zo was. Ze was het oud papier aan het wegbrengen.

Sterre stond nog steeds vlak tegenover Rob, die ietwat eiig naar haar grijnsde. Even leek het of hij de puber was en niet zij. Met een heel langzaam gebaar pakte Sterre de sigaret tussen de vingers van Rob vandaan. Hij deed niets, kon alleen maar kijken hoe zij met haar getuite tienermond traag een diepe teug nam.

In films barstten kinderen die hun eerste trekje van een sigaret namen altijd onmiddellijk in een klagelijk hoesten uit, wat Evelien heel koddig en ontroerend vond. Maar Sterre liet de rook als een pro in haar mond rondcirkelen, waarna ze hem met perfecte controle uitblies.

Toen draaide ze zich zo plotseling om richting Evelien, dat die van schrik naar beneden dook en op handen en voeten onder de heg belandde. Poeplucht walmde haar neus binnen.

'Doei Rob,' zei Sterre.

Rob haalde een snelle hand door zijn haar en liep zijn huis in.

En daar, met haar knieën in de aarde, was het voor Evelien

plotseling geen gerucht of vaag vermoeden meer. Het was zijn ongemak, zijn plotselinge switch van volwassen man naar schutterjongen. Sterre had hem met één blik gevangengezet. Toen ze hem de sigaret uit handen nam, was hij niet meer in staat om te protesteren. Rob had dat kind een grens moeten stellen, maar dat deed hij niet. Dat maakte hem geen misdadiger, maar ook geen prettig kindergezelschap. Er klopte iets niet.

TAXIOORLOG! kopte een *Telegraaf* van zes weken geleden. *Vandaag in de bonus* stond er op een folder, met daaronder een foto van een felroze, extreem glanzend Monatoetje. In vliegende vaart veegde Evelien de waaier aan papieren die uit de tas waren geschoven bij elkaar.

17

Joris had nooit naar het waarom van het plantje gevraagd. Elke woensdag als Lidia het graf van haar moeder bezocht, ging hij bij hem langs. De ene keer bracht hij een krentenbol mee, een week later een thriller die hij uit had. Petunia nam alles met grote dankbaarheid aan. Hij bekeek het brood alsof het een uitheems baksel was dat hij nog nooit had gezien. Hij bestudeerde de kaft van de Ludlum als betrof het een eeuwenoud heilig geschrift dat door toegewijde archeologen na maanden spitwerk uit het graf van een farao gedolven was. Toen Joris hem eens een tandenborstel en een tube Prodent gaf, had hij verrukte kreetjes geslaakt. De tandpasta smeerde hij onmiddellijk in grove strepen over zijn gezicht. 'Klaar voor de strijd!' Joris had de slappe lach gekregen.

Nu zaten ze op de stoep voor de Blokker. Voelde Joris in het begin nog schaamte om zich te vertonen naast een man met een plantje op z'n kop, inmiddels was hij die gêne voorbij. Niemand bemoeide zich met Petunia. Misschien omdat hij zich gedroeg alsof het doodnormaal was wat hij deed. Vraag bij de bakker met een uitgestreken smoel om een zak mueslibollen terwijl er een dooie kip op je kop ligt, en je wordt zonder commentaar geholpen. Hoe normaler je doet, hoe makkelijker je je buitenissigheden worden vergeven.

Natuurlijk had Lidia hem wel eens toegebeten dat ze niet begreep wat hij met die man moest. Joris wist het zelf ook niet. 'Hij zegt dingen die net een beetje anders zijn. Buiten de aangeharkte groene perkjes, zeg maar,' had hij geantwoord. Lidia keek hem wazig aan.

'Wat is daar nou mooi aan? Ik begrijp die hang van jou naar excentriciteit niet.'

'Hij is helemaal niet zo excentriek.'

'Joris, hij heeft een groen perkje op zijn hóófd.'

'Daarom hoef je hem toch niet af te schrijven?'

'Je hoeft hem er ook niet om te omarmen. Zodra iemand lekker raar doet ben jij meteen geboeid. Ik denk vooral: stel je niet aan.'

Even was Joris stil. Toen vroeg hij voorzichtig: 'Herken jij je dan nooit in hem?'

Lidia schoot in de lach. 'Sorry?'

Plotseling zag Joris Lidia voor zich, haar kloeke fiets – 'Mijn moederschip' – in de hand. Ze stond met haar hoofd naar de zon, de kinderzitjes waren gevuld met H&M-plastic, een wiebelende laptoptas, een bos tulpen en een supermarktzak waar een prei uitstak als was het een worm die een nieuwsgierig kijkje boven de natte aarde kwam nemen. Lidia die even was afgestapt om een haring te happen, intussen een moeder van school belde en zich tegelijkertijd herinnerde dat ze een luizenkam moest kopen. Zo op het oog was dat truttigheid en alledaagsheid ten top, maar probeerden we niet allemaal het verkeer te regelen met een plantje op onze kop?

Even overwoog Joris dit aan Lidia uit te leggen, maar hij kwam niet verder dan de zin die hij al zo vaak tegen haar gezegd had. 'Je zou ook eens buiten je eigen kaders kunnen kijken. Daar kom je schoonheid tegen, niet alleen in een aangeharkt park waar je alle hoekjes kent.'

'Wat is er mis met aangeharkt? Wat is er mis met dingen die bekend zijn? Wat is er mis met gewoon?'

'Hou toch op.'

'Onnoemelijk wijd ligt alles stil.'

'Sorry?'

'Mooi hè? Poëtisch ook. Toch?'

Joris haalde zijn schouders op. 'Best wel.'

'Dat was de slogan van een uitvaartfirma een paar jaar geleden. Ik moet daar zo vaak aan denken sinds mama dood is. Vaker dan aan die gedragen Slauerhoff die op haar crematie werd voorgelezen, met zijn eeuwige scheepvaartanalogieën. Een ordinaire reclametekst. Er zit pure poëzie in het alledaagse.'

'Kip, het meest veelzijdige stukje vlees, kip.'

Lidia glimlachte. 'Joris, je zou eens wat meer open moeten staan voor wat dichtbij is.'

'Dat geldt ook voor jou. Petunia is heel dichtbij, die woont in ons stadje.'

Lidia zuchtte. 'Zolang je hem maar niet mee naar huis neemt.'

Dat was Joris ook niet van plan. Hij wilde Petunia helemaal niet zien in zijn woonkamer. Petunia was nabij en stond tegelijkertijd buiten alles, dat was nu juist zo prettig.

Petunia bestudeerde een puist op zijn harige kuit, terwijl Joris deed alsof hij het niet zag. Daarna rochelde hij omstandig en kauwde een tijdje op het omhooggekomen slijm, om het uiteindelijk weg te spoelen met een slok crème de menthe. Joris wees naar de fles. 'Drink je eigenlijk veel?'

Petunia haalde zijn schouders op. 'Veel is een rekbaar begrip, confrère.'

'Confrère? Ik geloof niet dat wij collega's zijn. Hoewel ik Leeghwaters kop best zou willen zien als ik met jou kwam aanzetten.'

'Natuurlijk zijn we wel collega's. We zijn allemaal hetzelfde.'

'Ik zit niet zuipend op de stoep, Petunia. En dat zou jij ook niet moeten doen. Dat is niet goed voor je.'

Langzaam stond Petunia op. Joris keek omhoog. Groene, grillige blaadjes staken als kikkerpoten uit zijn aangekoekte haar. Petunia had zijn ogen gesloten. Joris wist niet zeker of zijn vriend zich nog bewust was van zijn aanwezigheid.

'Iedereen heeft een nooduitgang,' mompelde Petunia.

'Een plek waar je heen gaat als je je woonkamer moet verlaten. Het is er te benauwd. De airconditioning doet het niet. Het water staat op de ruiten. In je hoofd klinken alledaagse opdrachten. Je moet de ramen lappen, je moet de kinderen van school halen, je moet je vrouw een beurt geven, je moet je haar kammen, je moet sowieso eens naar de kapper, je moet op functioneringsgesprek bij je baas. Je moet verder, je moet voort. Vaart maken.'

Met zijn ogen nog altijd gesloten schuifelde hij de weg over. Joris slaakte een kreet. Een zwarte Audi passeerde Petunia rakelings. Hij keek niet op en praatte door. 'Maar er is geen haast. Je moet alleen even weg. De nooduitgang door, de kelder in waar jij mag denken wat je wil, waar de duistere ruimte geen oordeel heeft over wat jouw geest beroert. De kelder die naar peper ruikt en naar stof smaakt. Waar het droog is, de koelte je armen met kippenvel bedekt en het donker jouw geheimen opslokt. Iedereen heeft zo'n kelder.'

Petunia had de groene heuvel midden op de rotonde bereikt. Ineens draaide hij zich om. Joris was achter hem aan gerend en sprong hijgend het gras op. Petunia keek hem recht aan. 'Jij ook.' Moerasgroene ogen. Joris wendde zijn blik af. Zijn maag rommelde. 'Wat is jouw kelder, Windman?'

Joris gaf geen antwoord maar stelde een vraag.

'Wat is er eigenlijk misgegaan in jouw leven?'

'Misgegaan? Hoezo?'

Joris trok Petunia aan zijn mouw naar beneden. Ze zaten

op het piepkleine rondje gras dat exact op maat gesneden was voor het middelste stuk van de rotonde.

'Wat is er gebeurd dat je hier bent?' Hij wees naar Petunia's kleren. Er zaten zoveel vlekken op dat als vanzelf een camouflagemotief was ontstaan. 'Dat je er zo uitziet? Dat je zo terecht bent gekomen?'

'Zo?'

'Nou ja, zonder bezit, zonder huis. Waar slaap je trouwens?'

'Waar ik wil.'

'Maar waar ging het mis?'

Petunia staarde hem aan. Hij grijnsde. Toen trok hij zonder te kijken een bloemetje uit zijn haar en gaf het aan Joris.

'Er is helemaal niets misgegaan, Windman. Ik ben precies waar ik wil zijn. Nu jij nog.'

18

Pielemuis. Misbruik. Kinderverkrachting. Porno. Jongetjes. Meisjes. Seks met minderjarigen. Netwerk. Prostitutie. Bloot-foto's. Vieze filmpjes. Kinderlokker. Het hofnarretje. Banga-feestje. Breezersletje.

Evelien tuurde naar het grote papier voor zich, dat ze had volgeschreven met alles wat in haar hoofd opkwam als ze dacht aan pedofilie. Zo'n zoektocht moest je grondig aan-pakken.

Het *Brandpunt*-filmpje had ze inmiddels een keer of zes be-keken. Hoe vaker ze de beelden zag, hoe meer de gelijkenis tussen Rob en die R. van L. op de rechtbanktekening haar trof. Een fikse neus, geprononceerde lippen.

Beneden klonken schoten. Ramon zat naar een geweldsfilm te kijken en had het geluid extra hard gezet. Dat deed hij altijd als hij niet meer wilde praten. Hij vond dat ze door-draafde, hij wilde het domweg niet zien. Ramon wilde geb-betjes maken en zo al haar zorgen wegpoetsen. Dat was lief bedoeld, maar niet realistisch. Het leven bestond niet uit gebbetjes.

Als er iets met je kind is, valt er niets te lachen. Dat realiseerde ze zich des te beter nu ze op internet weer al die ellendige kindermisbruikverhalen van de afgelopen jaren tegenkwam. Een zwemleraar die gehandicapte kinderen jarenlang misbruikte. Niemand die het doorhad. Die viespeuk op een crèche in Amsterdam die honderden filmpjes maakte van peuters, die via een wereldwijd pedonetwerk werden verspreid. Wat zou er in die filmpjes te zien zijn geweest? Alleen blote kindjes? O nee, ze las het al. Ook seksuele handelingen. Eveliens ogen vlogen over de letters. Zelfs baby's.

Duizenden keren had ze de luiers van haar tweeling verschoond. De spekbeentjes uit elkaar getrokken, een doekje langs het piemeltje gehaald, het doosje van haar dochter schoongemaakt. Altijd van voren naar achteren afvegen, ander krijg je infecties. Mechanische handelingen waren het. Het tegenovergestelde van iets seksueels. Het was ondenkbaar dat iemand op het idee kwam een lid in een poepgaatje te stoppen. Alleen al door de gedachte voelde Evelien zich bezoedeld. Maar ze móést eraan denken. Want de anderen mochten dan doen alsof er geen kwaad bestond, zij wist beter.

Het woord kinderporno leverde met de zoekmachine binnen een seconde één miljoen zevenhonderdveertigduizend resultaten op. Wonderlijk dat ze zich hier nooit eerder in had verdiept. Ze had uitgebreid onderzocht welke kinderhelmpjes het veiligst waren toen Lieke en Daan leerden fietsen, ze had lijsten uit haar hoofd geleerd met kankerverwekkende E-nummers die in snoep konden zitten, ze had bij iedere trap in hun huis een robuust hekje gemonteerd. Maar dit gevaar had ze nooit willen zien.

Het was donker geworden, er zat een mistig laagje op het raam, dat nu van melkglas leek. Wie buiten stond zou niet naar binnen kunnen kijken, wie binnen was waande zich veilig voor de buitenwereld.

Misschien was ze net zo naïef geweest als de anderen. Waarschijnlijk hoopte ze dat dit soort viezigheden voor altijd ver van hen zouden blijven. Maar al die ouders van misbruikte jongetjes en meisjes die hun leven lang in de kreukels lagen, krabden het stuc van de muren omdat ze het niet hadden gezien.

En nu woonde er een man in hun straat die misschien heel aardig was, maar die ze totaal niet kenden. Dat hij zo aardig was maakte het trouwens des te enger. Het enige wat ze wist was dat hij verrekt veel leek op ene R. van L. Hij noemde zich weliswaar Goudsmit, maar dat was geen bewijs van goed gedrag. Iedereen kon roepen dat hij Goudsmit heette. Bovendien zat hij misschien in zo'n rehabilitatieprogramma, waarbij ex-delinquenten van justitie een nieuwe identiteit kregen. Daar las je vaak genoeg over. Een nieuwe naam wilde alleen nog niet zeggen dat je van de perversiteiten in je hoofd verlost was. Wie of wat garandeerde haar dat Rob niet nogmaals de fout in zou gaan?

Zij moest onderkennen dat Rob misschien geen lieverdje was. Ouders hadden soms verrassend veel weg van kleine kinderen. Als Daan zich wilde verstoppen, deed hij vaak zijn handen voor zijn ogen. 'Ik ben er niet,' riep hij dan, wat altijd leidde tot gegrinnik bij de omstanders. Toch deden zijzelf niet anders. Joris zei dat ze geen enkel bewijs tegen Rob had en dat was zo. Maar híj had het bewijs niet dat Rob onschuldig was. Zo kon je het ook zien.

De laatste site waar ze op was gestuit heette www.stoppedos.nu. Hij was opgezet door ene Ada van Nieuwland, een dame met kleine grijze irissen die zwommen in een overmaat aan oogwit, wat haar blik een mengeling gaf van permanente verbazing en grote oplettendheid. *Onze kinderen zijn de toekomst* stond er in knalrode bewegende sierletters boven haar foto. Ada bleek zich al meer dan tien jaar bezig te houden met pedofilie in Nederland. Nadat ze erachter was gekomen dat haar broertje in hun jeugd seksueel was misbruikt door een gymleraar, zette ze een site op en hield lijsten bij met pedofielen van wie bekend was waar ze woonden.

Als een razende scrolde Evelien van boven naar beneden. Goudsmit… Goudsmit… Rob… Rob… Rob… Van L… Van L… Van L… Nergens dezelfde naam of initialen. Maar op de contactpagina stond dat de opsomming niet compleet was en dat er steeds nieuwe verdachten bij kwamen. Had je het vermoeden dat er een pedofiel in je buurt woonde, dan kon je contact opnemen. Ada was bereid het samen met jou uit te zoeken. Evelien stond op. Ze tuurde naar de contouren van de twee berken aan de overkant. Donkere wachters. Ze sloot haar ogen en drukte haar rechterwang tegen het koele raam. Het was tijd dat ze haar handen weghaalde voor haar gezicht.

19

I just can't wait... for Saturday night...

Waf!

Sjips, Ramon was vroeg vandaag.

Joris had nog maar net zijn grande entrée met de grasmaaier gemaakt of de buurman stak zijn neus al boven de heg uit en maakte zijn zaterdagse blafgrap. En dat terwijl Joris eindelijk had opgezocht wat de tekst was van het eerste couplet van 'Saturday Night'.

Hij had de woorden mompelend onder de douche gerepeteerd, kende ze inmiddels uit zijn hoofd en kon niet wachten om zijn gazon over te steken.

'Hoi Ramon.'

'Waf.'

Dit werd niks.

'Lekker weertje, hè.'

'Best, hoor.'

'Die heg van jullie wordt hoog.'

'Ja, ik moet hem snoeien.'

'Hoe gaat het op je werk?'

'Oké.'

'Met de kinderen alles lekker?'

'Tuurlijk. Toppie toppie.'

'Hé Joris, ken je deze al?'

Hij hoefde niet te luisteren. Voor het eerst realiseerde Joris zich hoe lekker dat was. Hij kende deze film al en had dus alle tijd om naar binnen te keren.

Maar net toen Joris wegzakte in een heerlijke sluimerstand, hoorde hij een hijgerig roepen. 'Héren! Versnaperingetje?' Evelien kloste de tuin in, twee glazen cola in haar handen.

Ramon ratelde door. 'En als je die heg niet snoeit, kunnen we dat varken niet zien.'

Joris staarde hem aan. Ergens had hij blijkbaar een afslag gemist.

'Het varken dat je in de houtoven kunt roosteren die Rob bij je gaat installeren.'

'O die. Ja, lijkt me mooi. Ik zie ons daar al zitten. Rob is heel handig, die zet in een dag zo'n ding neer. Is dat niets voor jullie?'

'Dat denk ik niet.' Evelien praatte altijd al snel, maar dit tempo verraste zelfs Joris.

'Nou nou, niet zo agressief. Ik doe je geen oneerbaar voorstel,' zei hij lachend.

Evelien lachte hard mee. 'Nee, natuurlijk niet. Sorry. Wij dachten eerder aan zo'n steengrilltafel, weet je wel?'

'Dachten wij daaraan?' vroeg Ramon.

'Ja. Daar dachten wij aan.'

'O.'

'Nou.'

Stilte.

'Geen Rob dus. In onze tuin.'

Joris keek Evelien verbaasd aan. Ze sprak nooit in halve zinnen.

'Ik dacht dat jullie vast trek zouden hebben in een versnaperingetje.' Lidia was plotseling achter Joris opgedoken met twee glazen cola in haar hand. Ze keek naar Evelien, die druk in de weer was met een tak die ze van de grond had opgeraapt en waarmee ze telkens vijf keer razendsnel tegen haar dijbeen sloeg. 'Evelien? Is er wat?'

Evelien keek op. Haar gezicht leek in tweeën te scheuren door een te brede lach. 'Nee, nee, niks.'

Ramon sprak rustig. Zijn olijke toon was helemaal verdwenen. 'Evelien, hou eens op met dat gedoe, laat die stok los.'

'Wat voor gedoe?' vroeg Joris.

Evelien schudde woest met haar hoofd. 'Er is niets, jongens, alles prima.'

'Je bent helemaal bibberig.' Lidia pakte de elleboog van Evelien beet.

'Nee nee, echt, er is niks, drink lekker jullie colaatjes.'

Evelien leek haar aandacht volledig naar de stok in haar handen te hebben verlegd.

'Evelien! Nu! Kom op! EN LAAT DAT HOUT LOS!' Ramon die zijn stem verhief, dat was even zeldzaam als Lidia in een tijgerstring. Joris keek geschrokken naar zijn buren. Dit had niets meer te maken met zijn zaterdagochtendritueel.

Evelien had de stok laten vallen. Ze staarde naar haar lege hand. 'Goed. Het is Rob,' zei ze afgemeten.

Evelien nam een grote ademteug. Normaliter was dit om zich voor te bereiden op een enorme monoloog, maar die bleef uit. 'Ik vind het moeilijk dit te zeggen, want ik weet hoe aardig jullie Rob vinden.'

'Dat is ie toch ook?'

'Jajajajajaja.' Plotseling klonk Evelien als een mitrailleur. 'Rob is een lot uit de loterij. Rob is rustig. Rob is welbespraakt. O o o, wat houden we allemaal van Rob. Toch is er iets. Rob klopt niet.'

Lidia keek haar verwonderd aan. 'Hoezo "Rob klopt niet"?'

Evelien nam weer een enorme hap lucht, alsof ze meer munitie laadde.

'Ik heb iets gehoord op de tennisclub. Ik dacht eerst dat ik het moest laten rusten, maar ik heb voor volgende week een oud-Hollandse spelletjesmiddag georganiseerd op school en ik moet er niet aan denken dat als ze staan te koekhappen, hij... Hiiiiiiiew, het is niet veilig. Straks heb ik het geweten en gaat het mis. De veiligheid.'

Met moeite wist Lidia 'De veiligheid?' te vragen, na een seconde stilte.

'Ja nou ja, ik heb dus gehoord dat Rob nogal aparte seksuele voorkeuren heeft.'

Joris, Ramon en Lidia stonden gedrieën om haar heen. Ze keken glimlachend voor zich uit, zoals je dat doet als iemand in een volle lift duidelijk hoorbaar een wind laat en je diegene niet wil beschamen door een reactie te geven.

Evelien keek van de een naar de ander en weer naar de een.

'Rob is een pedofiel. Daar. Ik heb het gezegd. Hij heeft in het verleden gerommeld met kleine kinderen. Jongetjes, meisjes, ik weet het niet precies.'

Een kort kuchje. Joris was de eerste die in staat was te reageren. 'Hoe kom je daarbij?' vroeg hij.

'Wat ik zei: ik heb het gehoord op de tennisclub.'

'Er wordt voortdurend geroddeld daar. Is er bewijs dan?'

'Wat voor bewijs wil je hebben? Mensen zeggen zoiets toch niet voor niets?'

Joris probeerde zijn geduld te bewaren. 'Dit is belachelijk. Je kunt zoiets niet zomaar over iemand zeggen. Rob is heel erg oké, dit is laster.'

Ramon stond te knikken. 'Ja liefje, ik vind het ook ver gaan. Je weet hoeveel er wordt gepraat. Weet je nog van Dolores, die op de tennisclub beweerde dat meneer Arendsen van even verderop een wietplantage had? Dat waren geraniumstekjes nota bene.'

Evelien zette een grote stap achteruit. Haar handen bewogen ongecoördineerd door de lucht.

'Dat is van een heel andere orde. Ik zweer het, Rob kan zijn poten niet thuishouden. Lidia? Zo'n man wil je toch niet in de buurt van je kinderen?'

Lidia had een kleur gekregen. Ze keek Joris aan alsof ze op zijn gezicht kon lezen wat ze moest zeggen. 'Jeetje Evelien, ik weet het niet. Ik heb er nooit wat van gemerkt. Hij is erg op zichzelf, maar echt, het is helemaal geen pedofielentype.'

'Een pedofielentype?' Eveliens stem sloeg over.

'Ja, een pedofielentype.'

'Wat is nou een pedofielentype?'

'Nou ja, je weet wel, een beetje viezig.' Lidia keek hulpeloos. Ze liet zich verbaal altijd veel te makkelijk in een hoek drukken, of in dit geval tegen de heg.

Evelien raakte op dreef. 'Een man in een regenjas? Een man met vetvlekken op zijn broek? Een man met roos op zijn schouders? Een man die in het park aan zijn pielemuis staat te trekken?'

Ramon schoot in de lach. 'Z'n piele-wat?' Eén blik op zijn vrouw snoerde hem de mond.

'Een man die kwijlt als ie een driewieler ziet? Natuurlijk ziet een pedofiel er niet zo uit. Doe niet naïef.'

Joris wist dat hij iets moest doen. Dit ging over zijn nieuwe vriend. Het was tijd dat iemand opstond en duidelijk maakte hoe het zat. 'Evelien,' zei hij nadrukkelijk, 'Rob is dol op kinderen.'

Drie paar wenkbrauwen schoten omhoog. Joris kuchte. 'Ik bedoel, net als wij, zeg maar. Natuurlijk is hij geen pedofiel.'

Met langzame stappen liep zijn buurvrouw naar hem toe, tot ze zo dicht bij hem stond dat haar ogen versmolten. Haar cycloopblik louter op hem gericht, sprak ze plotseling net zo kalm en duidelijk als hij. 'Hoe weet je dat? Wat denk je? Zoiets heb je niet in onze wijk? Word wakker, Joris.'

Ze bukte, pakte de stok op en trok Ramon mee richting hun huis. 'Het is helemaal geen pedofielentype,' bauwde ze Lidia na. 'Ik geloof dit niet. Wat ben jij voor moeder dat je zo'n man bij je bloedeigen kinderen laat? Wat ben jij voor vader? Ik begrijp niet dat jullie dit niet serieus nemen.'

De hordeur van Ramon en Evelien kletterde dicht. Joris hernam zich. 'Kom op schatje, hier ga je niet in mee. Je weet net zo goed als ik dat Eveliens fantasie altijd op hol slaat. Ze kent Rob amper. Wij weten dat dit flauwekul is. Hé meisje, ik ben zo blij dat jij niet zo hysterisch bent.'

Lidia knikte. Joris gaf haar een zoen op haar hoofd. 'Ga gauw naar binnen, het gaat regenen. Ik zet dat ding weg.'

Lidia schoof met haar aarzelloopje langzaam richting de achterdeur. Joris sleepte de grasmaaier de schuur weer in. Hij leunde tegen de koele stenen muur en sloot zijn ogen. Wat een gelul. Was er eindelijk iemand in de straat komen wonen die hem begreep, die wist dat er meer was dan een leven binnen de grenzen van je heg, die niet meteen over een midlifecrisis begon als je aangaf iets anders te willen, kreeg je rare praatjes.

Joris liet zich op de grond zakken. Herman speelde in zijn hoofd almaar datzelfde eerste couplet.

The neon light, of the 'Open all night',
Was just in time replaced by
The magic appearance of a new day-while
A melancholic Reno was crawling on his back
Just in front of the supermarket door-way, child.

20

Natuurlijk had ze zin, zei ze tegen zichzelf terwijl ze met haar benen gespreid op de toiletpot zat. Een paar minuten daarvoor was ze de slaapkamer ernaast binnengekomen, hij had opgekeken en ze staarde er recht in. Het waasje dat hij voor zijn ogen kreeg als hij seks wilde. 'Wat ben je mooi,' had hij gezegd. Ze had naar beneden gekeken, naar haar dikke badjas. Haar lichaamsvormen bolden erin op. De heuvels halverwege haar bovenlijf, twee grote uitstulpingen ter hoogte van haar heupen. In die badjas leek ze net een uit de kluiten gewassen Teletubbie. Neuken met Tinky Winky. Ieder zijn ding.

Het maakte hem waarschijnlijk geen barst uit hoe ze eruitzag. Vrijpartijen waren schaars bij hen en wat schaars is is gewild, had haar economieleraar op de havo al verteld.

Ze hadden het druk, de kinderen vroegen aandacht, en Lidia zat niet zo lekker in haar vel. Er waren allerlei redenen. Maar dat wilde niet zeggen dat er niet meer kon worden gevreeën. Of geneukt. Stiekem vond ze dat laatste woord lekkerder klinken, bedacht ze terwijl ze haar hand tussen haar benen liet glijden.

Ze had tegen Joris gezegd dat ze er zo aan zou komen. Dat deed ze altijd als hij het waasje had. Ze was vervolgens stilletjes op het toilet gaan zitten, de knieën naar buiten, haar vingers deden het werk.

Joris wist heus dat hij aan voorspel moest doen, maar het duurde vaak lang voor ze opgewarmd was. Tenminste, als hij het deed. Niet dat hij niet zijn best deed. Hij masseerde haar, gaf kusjes op haar mond, kamde aarzelend met zijn vingers haar schaamhaar. Maar hij deed zo zijn best. Zo'n heel erg pleasende man was natuurlijk enorm feministisch verantwoord, maar geil werd ze er niet van. Dat werd ze van de gedachte aan ruwe ellebogen aan de binnenkant van haar armen, een schurende wang langs haar nek, keiharde knieën die in één beweging haar benen zouden openen. Een kerel die haar op bed zou smijten, haar polsen boven haar hoofd zou draaien en haar zonder gefriemel met één welgemikte stoot zou naaien.

Naaien, ja. Neuken. Die haar als een sloerie zou verkrachten. Niks knuffelen.

Ze opende haar ogen. Haar vingers waren nat. Zie je dat ze zin had. Niet haar kruit verschieten nu, want dan zou Joris er niets meer aan hebben. En zijzelf ook niet. Drie is het nieuwe twee.

Ze opende de deur van de slaapkamer, ze had nog altijd haar badjas aan. Hij glimlachte. Nu doen alsof ze het niet in de gaten had gehad. Zo kon hij denken dat hij haar verleidde. Wel zo aardig.

'Heeeeeeeeee,' zei hij.

Ze keek hem onschuldig aan. 'Hé wat?'

'Je bent mooi.'

'Gekkerd.'

Grijnzend trok hij haar op bed. 'Het is alweer een tijdje geleden... Wat denk je ervan, lekker konijntje van me?'

Konijntje. Een gigantisch wit pluchen badjaskonijn. Nee, nee, niet verder associëren. Denk aan net, op de wc.

Joris aaide over haar wang. Eenentwintig, tweeëntwintig, drieëntwintig. Ja hoor, nu zakte hij langzaam af naar haar borsten. Vierentwintig, vijfentwintig, zesen... Wat deed ie nou?

Met zijn nagels kraste hij over haar tepelhof. 'Joris?'

Hij ging door, het voelde ruw, als een potlood met afgebroken punt waarmee je tegen beter weten in een telefoonnummer probeert te noteren. 'Joris.'

'Dat vond je vroeger zo lekker,' gromde hij, met zijn hoofd in haar haar.

'Moet dat zo uitgebreid?'

Dat klonk te castrerend. Maar ze voelde het bloed dat naar haar kruis was getrokken langzaam wegvloeien. Elke seconde dat hij langer aan het werk was, nam haar opwinding af.

In het boek *Vrij vrijen, ook voor jou*, dat ze als puber thuis eens onder een stapel bibliotheekromans had gevonden, stond dat je voor een goed seksleven tegen je partner moest zeggen wat je lekker vond. Lidia had het serieus in haar oren geknoopt. En natuurlijk had ze later de Germaine Greers gelezen die haar moeder haar opdrong. Ze had een abonnement gehad op het tijdschrift *Club*, dat rubriekjes vol Geile Geheimen had, ze had met vriendinnen honend gelachen om burgertrutten die orgasmes faketen. Echt, ze zei alles wat je als vrijgevochten vrouw van haar generatie behoorde te zeggen. Maar niet tegen Joris.

Hij zag haar aankomen. 'Lieverd, ik wil dat je me wreed en bruut neemt. Géén softijsjesseks.' De gekwetste blik in zijn ogen, ze had hem al die jaren zo zijn best laten doen zonder te vertellen wat ze het liefste had. Ze kon hem niet het idee ontnemen dat hij een prima minnaar was.

Vroeger had ze het nog wel eens gedurfd. Ze had hem ooit gevraagd haar vast te binden met de band van haar zijden peignoir. Joris had haar destijds zo bevreemd aangekeken dat ze er nooit meer over had durven te beginnen. En dat terwijl hij zelf vast ook zijn fantasietjes had. Maar ze waren gestopt die tegen elkaar uit te spreken. De schaamte was tussen hen in gaan liggen.

Gelukkig, eindelijk hadden zijn handen de afdaling ingezet. Ze probeerde zich te concentreren. Denk aan het knopje daar. Denk aan het bloed dat klopt.

Joris plaatste zijn duim er pal op. Te hard. Ze schrok even terug. 'O sorry.'

'Geeft niet,' mompelde ze. Heel voorzichtig tastte hij met

zijn wijsvinger en begon rondjes te draaien. Steeds sneller, steeds meer. Vingervlug, wat een goed woord was dat eigenlijk.

Het leek ergens op, het had zelfs heerlijk kunnen zijn, ware het niet dat zijn vinger precies een centimeter te veel naar links zat waardoor het gevoeligste plekje almaar nét overgeslagen werd. Met haar hand probeerde ze hem heel voorzichtig bij te sturen, maar hij pikte de hint niet op en ging ijzerenheinig door met gummen.

Misschien kon ze haar lichaam iets meer onder zijn hand manoeuvreren zodat hij in de roos kon schieten. Ze schoof een beetje met haar billen, wat Joris opvatte als aanmoediging. 'Lekker hè, schatje.' Ze humde wat. Kom op, een stukje meer naar links. Ze bewoog haar onderlijf, ze draaide, maar ze kreeg het niet voor elkaar. Pas toen ze Joris een behoorlijke zwieperd had gegeven, lag ze eindelijk goed. Zijn wijsvinger draaide door, ze voelde dat ze warm werd – zie je dat ze wilde, ze was geil, een echte geile snol, zijn hand was krachtig, zijn vinger vlug, hij–

'Wat doe je?' riep Lidia. Joris' hand hing bevroren in de lucht.

'Ik heb iets voor je.' Wat? Waarom was hij ermee opgehouden? Haar opwinding trok onmiddellijk weg. Woedend keek ze hem aan. Had hij enig idee hoeveel moeite haar dit had gekost?

Hij boog ver voorover. Zijn spekkige onderrug hing als een

glijbaan van vlees over de bedrand. Ze had eens op schoolreis de *David* gezien. Leonardo da Vinci had de ultieme man gebeeldhouwd, inclusief een marmeren onderrug met een kuiltje erin, als teken van werkelijke kracht en schoonheid. Onder aan Joris' rug zat ook een kuil, pal boven de plek waar zijn billen begonnen te bollen. Maar met de *David* had het niets te maken.

Kreunend van de inspanning kwam hij overeind met een grote roze fles in zijn hand. 'Ik dacht: Laten we het eens wat spannender maken. Ik heb iets bijzonders gekocht. Hier, massageolie die vanzelf warm wordt op je huid.' Hij sprak het uit als mazzzzzaaaazje-olie.

'Laat me je insmeren. Geef je eraan over, liefje. Voel je het al? Voel je het al heet worden?'

Daar was hij weer. Dat jongetje dat te hard zijn best deed.

'Hè bah, dat stinkt.' Het flapte eruit.

'Hoezo? Met aardbeiensmaak.'

'O.'

'Je bent dol op aardbeien.'

'Jawel. Maar zo chemisch.'

Hij probeerde het opnieuw. 'Hier, op je billen.'

'Jezus, kan het niet gewoon?'

Ze had meteen spijt toen ze het had gezegd. Die blik. Een achtjarige die door zijn moeder op iets te luide toon is gecorrigeerd. Ze slikte. 'Tuurlijk schatje. Tuurlijk. Ik wilde alleen...' Om zijn ogen niet te zien drukte ze zich woest tegen zijn borst. Met één hand pakte ze zijn pik en bracht hem bij haar naar binnen. Twee minuten later was hij klaar. Ze gaf hem een zoen. 'Dat was heerlijk, lief.'

Ze sloot haar knieën en rolde zich op haar zij.

'Hé Joris?'

'Ja?'

Ze wilde iets zeggen maar vond de woorden niet.

'Welterusten.'

21

Het werkte altijd. Vanaf het moment dat Hedwig haar de truc had geleerd, wist Sterre dat ze iedere man kon krijgen. Natuurlijk, iets te diep bukken en uitzicht bieden op je kontje kon net zo goed werken, maar dat was goedkoop. Dan liever de Britney.

Rob werd er laatst ook nerveus van. Ze had de grote, blauwe ader in zijn hals zien zwellen en wist dat ze beet had. Alweer. Dat terwijl het zo simpel was. Kijk met geloken ogen naar beneden en richt vervolgens langzaam, heel langzaam, je hoofd op, waarna je langzamer, veel langzamer, weer naar boven kijkt tot je een man recht in de ogen staart. Ow baby, baby.

Terwijl Rob hanneste met een platenspeler omdat hij zo nodig iets van een of andere overleden piano-Rus moest laten horen, oefende ze stiekem op de bank haar verleidersblik.

Tim was er meteen voor gevallen. Hun verkering had alleen niet zo lang geduurd. De sukkel. 'Ik wil nog een beetje van mijn vrijheid genieten.' Dat had hij zeker in een tienerfilm gezien. Hoezo was je onvrij als je een relatie had? Je was juist vrijer, omdat je minder alleen was, vond ze. Blijkbaar moest hij dat nog ontdekken. Ze had er geen seconde om gehuild.

Misschien omdat ze wist dat Rob er was. Rob van wie ze sigaretjes bietste. Met wie ze laatst was gaan zwemmen bij het zandstrandje. Ze had hem in het meer zien staan toen ze met Hedwig lag te zonnen. Druppels rolden langs zijn schouders naar beneden. Ze legde haar wijsvinger op haar lippen, knipoogde naar Hedwig en liep geluidloos naar hem toe. Toen ze vlak achter hem stond was ze plotseling op zijn rug gesprongen. Met een schok draaide hij zich om, waarna ze zijn nek losliet en recht tegenover hem stond. Ze duwde haar tepels in haar lichtblauwe bikini naar voren. Daar was de ader weer. Ze had liefjes geglimlacht en was het strand op gerend. Ze klopte op een plek naast zich op haar handdoekje, maar Rob gebaarde dat hij weg moest. Hij trok er een komisch bedoelde pruillip bij, liep snel het water uit en griste zijn spullen bij elkaar.

Maar nu had hij geen haast. Hij had een glas Seven-up voor haar ingeschonken. 'Ik lust best een wijntje,' had ze gezegd. Rob schudde lachend zijn hoofd. 'Dat roken is al erg genoeg, meisje.'

Hij moest eens weten. Vorige week had ze drie wodka-Red Bull gedronken in het park met haar vriendinnen. Stuiterend was ze thuisgekomen. Tijdens het eten kon ze haar knieën onder tafel niet stilhouden. 'Ben je verliefd of zo?' had haar vader gegrinnikt, waarna haar moeder meteen fluisterde: 'Hou op over die Tim, Joor.' Dat Tim einde oefening was had ze niet gezegd. Hoe meer haar moeder zich druk maakte om een achttienjarig vriendje, hoe minder ze zich bezighield met wat Sterre echt boeide.

Rob stond nog steeds met zijn rug naar haar toe. Ze doopte haar wijsvinger in haar glas en tekende met de frisdrank een rondje op haar decolleté. Rob plofte naast haar neer, biertje in de hand. 'O, kijk nou, ik heb geknoeid,' zei Sterre met een hoge stem. Rob keek haar aan. Ze kreeg het warm. *Kijk nou weg.*

Ze liet haar vinger langzaam van haar nek naar beneden afdalen. 'Moet je zien wat een plakzooi,' zei ze. Maar Rob bleef haar neusbrug bestuderen. 'Ik zie het,' zei hij ten slotte.

'Echt?' vroeg ze.

Hij knikte. 'Ik zie je.'

De ader klopte, haar hart leek synchroon mee te roffelen. Langzaam schoof ze dichterbij. Rob keerde zich deze keer niet af. Dit was het moment. Plotseling maakte ze haar ogen los van de zijne en keek naar beneden. Toen blikte ze heel, heel langzaam naar boven en zette zijn blik opnieuw gevangen. Net hoorbaar liet ze een zuchtje ontsnappen. Hij opende langzaam zijn mond, zijn tong schoof loom naar voren als een naaktslak uit een holletje van bladeren. Ze boog zich iets verder richting hem, nog een klein stukje, een centimeter, ze was er bijna, bijna, bijna...

Toen sprong ze op en dartelde de kamer uit. 'Dag Rob!' Aantrekken en afstoten, dan zijn de mannen van jou. Je moet ze laten smachten, had Hedwig gezegd. Niemand gaf zulke goede tips als haar beste vriendin.

22

Drie vrolijke vrouwtjeswezens met felgekleurde jassen en bloemetjesrokjes die spanden over gigantische konten. 'Prachtig, hè? Die feminiene vormen?' had Jonneke uitgeroepen, een penseel tussen haar voortanden geklemd. 'Ik zou willen dat ik er zo uitzag.'

Waarom deden magere vrouwen altijd alsof ze dolgraag een dikke reet wilden hebben? Lidia wist dat Jonneke er alles aan deed om haar maatje 34 niet te verliezen. Afgepaste porties, elke dag zo veel mogelijk bewegen. Ze had nota bene een app op haar telefoon waar ze precies op kon uitrekenen hoeveel calorieën ze per dag binnenkreeg. En nu stond ze voor haar in een witte strakke knielange rok te schudden met haar billetjes en blèrde ze dat kontenliedje van Destiny's Child. *Cause my body's too bootylicious for you.* Vrouwen die *bootylicious* waren droegen geen strakke witte rok, want daarin leek je kont zo groot als een skippybal, dat wist iedereen.

Kalebassen verven had haar van tevoren best leuk geleken. 'Jij hebt een heel esthetische drijfveer,' had Jonneke tegen haar gezegd. 'Je houdt van mooie dingen maken, creëren, je uiten.' Lidia had haar vaag aangekeken, ze stond net met een stokje ingedroogde poepresten onder een meurende gymschoen van Daniel vandaan te peuteren. Jonneke was verdergegaan. 'Je zorgt te veel, je moet je creativiteit meer de ruimte geven.'

Geen idee wat het betekende, maar Lidia vond het heerlijk klinken. Ze sprak ook in van die fijne geruststellende termen over de dood van Lidia's moeder. 'Volg je hart, want dat klopt.' 'Huilen is het ventiel van je geest openzetten.' 'Tegenslag is een springplank naar geluk.' Volgens Joris betekenden die zinnetjes niets, maar voor Lidia waren ze als wattenbollen die ze zo nu en dan tegen de scherpe randjes van haar verdriet mocht drukken.

Met Joris had Lidia het er niet zoveel meer over. Hij hoefde niet te weten dat ze nog steeds niet zonder te snikken langs haar moeders vroegere kamertje kon lopen. Joris hield van haar schouders-erondermentaliteit, dus dat was wat Lidia hem liet zien. Bovendien wilde ze ook niet de eeuwig treurende vrouw blijven die rondstiefelde met een denkbeeldige zwarte sluier voor haar gezicht. Ze was een flinke meid. Maar wel eentje die niemand meer had om mama tegen te zeggen.

Soms proefde ze het woord zachtjes, puur om te weten of de pijn er nog was. En ja, elke keer als ze 'Mama' zei leek het achter haar ribbenkast vloeibaar te worden. Ze had dat opgebiecht aan Jonneke, die haar arm meteen om haar heen had geslagen en een lange monoloog over alle fases van de rouw was begonnen. Er kwamen betere tijden. Ze wist toch wat er na regen kwam? Nou dan, precies. En dat verdriet van haar, dat moest ze gewoon een plekje zien te geven.

Je kon natuurlijk makkelijk schamperen over dat soort zinnetjes, maar het vervelende was dat Lidia ergens aanvoelde dat Jonneke gelijk had. Het was alleen net alsof ze de diepte van die woorden niet kon bevatten. En Jonneke wel.

Ze had haar tijdens het tennissen eens geprobeerd te betrappen op een donkere gedachte. Sterker, ze was er laatst echt op uit geweest Jonneke uit de tent te lokken. Terwijl ze uitbliezen na een match, uiteraard gewonnen door Jonneke in een spierwit, ultrakort Nike-rokje, had Jonneke gevraagd hoe het met de kinderplannen van haar en Joris stond. Lidia had haar schouders opgehaald.

'Ik weet het niet, hij doet zo raar. Hij wil opeens alles anders. Eerst komt hij met dat achterlijke idee van die reis, daarna wil hij duiken, en gisteren in bed... Laat maar, dit is gênant.'

'Wat dan?' vroeg Jonneke gretig.

'Het klinkt raar, maar ik had het gevoel dat hij wilde dat ik iemand anders was.'

'Ben jij mal. Joris is gek op je. En als jij hem misschien voor de derde keer vader maakt helemaal.'

'Hij lijkt anders niet zo happig.'

'Kerels stribbelen altijd tegen, maar als puntje bij paaltje komt...'

'Vertrekt hij naar een zonnig land om aan zichzelf te gaan werken.'

Jonneke keek haar aan. Lidia strikte omstandig haar veter, geschrokken van haar eigen scherpte. Maar Jonnekes lach klonk hard over de gravelvelden.

'Maak je van mij nou een slachtoffer van Arjan? Wat geestig, hoe kom je daar bij? Wij hebben het heerlijk samen, dat weet je toch. We zijn een heel fijn gezinnetje. Mannetje, vrouwtje. Kindje. Kindje. Nog een kindje. Want drie is het nieu–'

'–we twee, ja. Waarom ging ie dan naar Portugal?'

'Hij moest eventjes wat dingetjes voor zichzelf uitzoeken.' Met haar ogen dicht stiftte Jonneke haar lippen.

'Hoelang is ie nou al weg?'

'Anderhalf jaar.'

'Dat noem ik niet eventjes.'

'Hij is een eigen bedrijfje aan het opzetten. Limousineverhuur, dat loopt als een malle. En als hij alles op de rit heeft, kunnen wij met de hele bups, hup, richting zijn gespreide bedje.'

'Ja ja. Ben je niet bang dat hij een ander heeft?'

'Natuurlijk niet. Hij werkt gewoon hard en heeft niet zoveel tijd voor een heel gezin. Dat komt wel weer. Eerst zou hij een paar maanden wegblijven, toen een halfjaar en nu zijn we nog wat verder. Je weet hoe snel de tijd gaat. Hij bouwt aan ons leven, joh. Zo moet je het zien.'

'En jij maar in je eentje voor de kinderen zorgen.'

'Dat vind ik heerlijk. Kinderen, daar leef je voor. Ik geniet. Kijk, mooie kleur, hè.' Jonneke tuitte haar lippen in de kusstand. Lidia knikte.

Meteen had ze spijt gehad van haar kruisverhoor. Dat zij zelf tobberig was aangelegd, hoefde niet te betekenen dat ze van haar buurvrouw moest eisen dat die gedeprimeerd in de verte zat te staren. Ze zou moeten proberen iets van Jonneke op te steken, besloot ze. Blijkbaar kon Jonneke het beter en makkelijker dan zij: opgewekt leven. Dus als ze weer eens zei dat Lidia meer in haar kracht moest staan – 'Nee, niet op een zweverige manier, je weet ik ben heel down to earth, maar toch, in je kracht staan is essentieel voor een vrouw' – snapte ze niet precies wat er werd gezegd, maar probeerde ze er toch een prettige emotie bij op te roepen.

Volgens psychologen kon je van imitatiegedrag gelukkig worden. Al voelde je je alsof je hersenen waren overreden door een oplegtruck die hem vervolgens ook nog eens in z'n achteruit had gezet, wanneer je net zo opgetogen tekeerging als een kleuter die net een lolly ter grootte van zijn eigen gezicht had gekregen, werd je vanzelf blij. Daarom kliederde ze nu met marmerverf een kalebas onder.

Naast haar zat Evelien met een chagrijnig gezicht. 'Ik dacht dat je paars kreeg als je groen met blauw mengde, maar het is bruine derrie.'

Jonneke heupwiegde naar de keuken en gaf Evelien een

doekje. 'Hier, gewoon lekker opnieuw beginnen. Dat is het fijne. Je kunt altijd opnieuw beginnen. Kopje venkelthee? Dat is heel fijn als je vocht vasthoudt.'

'Ik houd geen vocht vast,' zei Evelien.

'O. Nou, ik dacht dat een beetje te zien. Maakt niet uit, het is sowieso goed voor alles.'

Lidia glimlachte aarzelend naar Evelien. 'Zeg, ik wilde het even hebben over laatst.'

Evelien hield haar blik strak op de poepkleurige kalebas gericht.

'Joris had niet zo tegen je tekeer moeten gaan.'

'Als jullie me niet geloven, geloven jullie me niet,' klonk het afgemeten.

'Ik moet er steeds aan denken.'

Evelien keek op. 'En terecht. Lidia, ik ben op onderzoek uitgegaan en het is heel raar: over Rob valt nergens iets te vinden.'

'Dat is juist prima. Geen foute berichten.'

'Nee, het is gek. Het is alsof de man nooit bestaan heeft. Hij zit niet op Facebook, hij staat niet op Schoolbank.nl, nergens zijn online foto's van hem, ook niet van zijn werk trouwens. Waar komt die man vandaan?'

'Misschien is ie uit zo'n kalebas gekropen,' zei Lidia grinnikend.

Evelien lachte zowaar mee.

Even was het stil, toen zei ze rustig: 'Lidia, misschien denk je dat ik spoken zie, maar ik vind toch dat je dit moet weten.'

'Wat?'

'Ik ruimde laatst de zolder op en keek jullie tuin in. Sterre stond met Rob te kletsen.'

'Nou en?'

Evelien staarde naar buiten alsof ze het voorval opnieuw zag.

'Hij gaf haar een trek van zijn sigaret.'

'Wat?' vroeg Lidia.

Evelien begon hevig te knikken terwijl ze met pufjes uitademde.

'Echt.'

Lidia kneep haar ogen dicht. 'Godallemachtig. Waarom heb je daar niets van gezegd? Dat kind is veertien.'

Evelien keek schuldbewust. Ze had het niet durven vertellen omdat ze bang was dat Lidia en Joris dan helemaal zouden denken dat ze over Rob zat te roddelen. Of dat ze het verhaal verzonnen had om haar gelijk te halen.

'Toch kan ik het niet voor me houden, Lied. Ik houd te veel van Sterre,' voegde ze eraan toe. 'Rob is minder onschuldig dan hij lijkt.'

Lidia had een grote kwast in de verf gedoopt. Ze haatte oranje, maar zonder erbij na te denken schilderde ze de hele dikke kalebassenkont in de koninklijke kleur. Met een andere kwast plantte ze er dikke roze stippen op, terwijl Evelien doorpraatte. 'Ik heb binnenkort een afspraak met een mevrouw die alles weet van pedo's. We zijn van plan samen een onderzoek naar Rob in te stellen.'

Jonneke was in de deuropening komen staan. 'Ben je nog steeds bezig met Rob?' Uit de drie mokken in haar handen steeg een sterke hooilucht op.

Evelien keek plotseling op. 'Ja Jon, dat ben ik.'

Ze legde een hand op de arm van Lidia, die zich monomaan aan haar roze stippenmanie overgaf. 'Ik weet dat je geen ruzie met Joris wil, maar het gaat hier om de kinderen. Ik zeg niets tegen Rob, ik wil alleen weten hoe het zit. Ik zal me heel normaal gedragen, echt. Maar pas alsjeblieft op. Morgen ga ik naar de pedovrouw, vind je het goed dat ik je op de hoogte houd van wat we vinden? Sterre is veertien, ze is nog maagd, je wil niet dat haar eerste seksuele ervaring met een veel te oude fotograaf is die haar dingen laat doen waar ze helemaal niet aan toe is. Laat het me uitzoeken, Lidia. Mag dat? Vertrouw je me?'

Lidia keek op en liet de kalebas los. Het dikke ronde ding rolde een stukje over de tafel en liet een spoor van roze vegen achter. Ze knikte langzaam.

23

Allemachtig, wat had die man een armen. Ramon slofte net met een bakje gebruikte batterijen naar de bak voor chemisch afval toen Rob aan kwam lopen. In zijn handen twee plastic kratten gevuld met flesjes ontwikkelvloeistof, negatieven en andere professioneel ogende fotografiespullen.

Eén keer per twee weken werd de chemobak leeggehaald. Met foldertjes waren de bewoners van het stadje gemaand hun zooi te komen inleveren. *Geen gif in onze wijk* stond er geschreven boven een foto van een rokende fabrieksschoorsteen. Ramon had dat altijd een tikje overdreven gevonden. Alsof hij in zijn achtertuin tussen het kinderbadje en de barbecue een gigantische verbrandingsoven had staan waar hij giftige verfspullen aan het opstoken was, waarvan het restafval vervolgens in het grondwater terecht zou komen, waar de lieve buurthondjes van zouden drinken die ten slotte een voor een licht zouden geven. Maar goed, hij spaarde voor de zekerheid keurig zijn batterijen op en bracht ze naar de bak, net als zijn nieuwe buurman. Evelien zou dat vast reuze verdacht vinden ('De braven zijn de engsten'), maar Ramon had even geen zin meer in haar theorieën.

Gisteren was die Ada langs geweest. Een kalm pratende vrouw in een grote donkergroene Cora Kemperman-lap. Ze bleef bij al zijn grapjes zo bloedernstig kijken, dat het hem bang maakte.

Evelien had haar algauw meegetroond naar haar werkkamer. Uren hadden ze er gezeten. Toen ze beneden kwamen – hij lag op de bank een herhaling van *Die Hard 3* te kijken – bleek Ada toch te kunnen lachen. Evelien lachte terug en keek tegelijkertijd vreemd. Ze vertoonde eenzelfde adrenalineblik als toen ze uit het piratenschip in de Efteling kwam, een attractie waar ze eerst niet in had gedurfd, maar waarin ze na enige overreding toch plaats had genomen, om er vervolgens niet meer uit te willen.

'Zo dames, lekker gespeurd?' had Ramon gebromd. Prompt was de blik van Ada verstard, en ook Evelien keek streng. Dit was geen lolletje.

Niet lang daarna was Ramon naar bed gegaan. Dat gekonkelfoes van die wijven. Als je wilde weten of er iets aan iemand mankeerde, kon je daar beter op een directe manier achter komen.

Ramon tuurde naar Rob. Joosje, de eigenaresse van de snackbar op de hoek, zwaaide. Rob glimlachte kort terug maar schonk verder geen aandacht aan haar geflirt. 'Jezus, wat is het benauwd,' bromde hij tegen Ramon. Die knikte. Typisch Nederland. Zodra het warmer werd leek het kwik altijd zo'n spurt te nemen dat er geen houden meer aan was. In een paar dagen tijd steeg de middagtemperatuur van twintig naar vijfentwintig, naar drieëndertig graden en dan wist iedereen dat het niet lang zou duren voor de donder door de hemel rolde. Vanavond zou het hozen.

Ramon hield een hele verhandeling over het land- versus het zeeklimaat en hoe wij altijd speelbal waren van de natuur, waardoor het nooit een tijdje lekker fijn gelijkmatig bleef, twintig graden zeg maar, tot hij plotseling naar boven keek en zijn verhaal onderbrak met een keiharde schreeuw. 'LEO!'

Rob stootte van schrik bijna een flesje ontwikkelvloeistof om dat boven op de chemische rotzooi in zijn krat lag.

'Leo?'

'Mijn duif. Die is weg. Was weg. Ik had hem al een etmaal niet gezien. Maar kijk, daar vliegt ie, boven de Aldi. Zie je?'

'Je duif.'

'Ik ben duivenmelker. Wist je dat niet?'

Rob schudde zijn hoofd.

'Mooie sport. Topsport moet ik zeggen. En Leo is mijn topduif. Ik ben hem nu al een jaar aan het trainen. Weet je hoe je dat doet?'

Rob leek niet bijster geïnteresseerd, maar dat kwam wel als Ramon het hem goed uitlegde.

'Je hebt verschillende methodes, maar het is belangrijk om met kleine afstanden te beginnen. Een jonge duif laat je eerst een tijdje in het hok rondvliegen. Daarna kan ie worden getraind door hem niet al te ver te lossen. Dan een kilometertje verder. En nog een kilometertje. Zo gaat ie steeds een stukkie meer de wereld in. Weet je wat een mooie manier is om ze snel en ver te laten vliegen? Het weduwschap. De doffer wordt in de week vóór de competitie van de duivin gescheiden. Tegen de tijd dat de wedstrijd begint, staat ie op springen.' Ramon lachte veelbetekenend. 'Doordat hij uit ervaring weet dat hij bij aankomst de vrouwtjesduif in het nest zal vinden, zal hij vliegen of zijn leven ervan afhangt. Ja, we worden uiteindelijk allemaal gestuurd door onze driften.'

Rob haalde zijn schouders op. 'Och.'

Even was het stil. Nu moest hij toeslaan. Een gesprek van man tot man, zodat die dames straks weer rustig konden slapen.

'Ik hoor jou eigenlijk nooit over vrouwen.'

'Wat wil je weten?'

'Je bent een man alleen. Moet jij niet eens een wijfje?'

'Ik ben nooit tekortgekomen.'

Wat was dat voor antwoord? Het antwoord van een casanova? Of van een man die op elke hoek van de straat een kind kon begluren?

'Dus jij blijft een vrije vogel?' vroeg Ramon met een knipoog. Rob draaide omstandig lege flesjes ontwikkelvloeistof dicht. Wat idioot, dat stuurse gedoe opeens. Praat met elke willekeurige vent over een lekker wijf en hij heeft het ene sterke verhaal na het andere. Maar bij Rob was het alsof hij een gesprek was begonnen over de waardedevaluatie van de Noord-Koreaanse staatsmunt.

En net deed hij ook al zo gereserveerd tegen Joosje, terwijl die sprekend leek op Chantal Janzen, een hapje waar je als gezonde jongen geen nee tegen zei. Misschien was hij homo. Of pedofiel. Niet dat dat hetzelfde was, uiteraard niet, maar hij kon wel anders wezen. Laat hem dan in godsnaam homo zijn en geen pedofiel, dacht Ramon.

Ramon graaide nerveus in zijn bakje batterijtjes. Plusjes en minnetjes gleden tussen zijn dikke vingers door. Het gesprek was stilgevallen. Rob pakte zijn kratten uit en mikte de inhoud in de container.

Ramon kreeg het steeds warmer. Hij deed wat zijn vrouw zou doen in ongemakkelijke situaties. Hij begon te praten en bleef dat doen tot hij buiten adem was.

'Evelien vindt het niks. Die zegt dat de duiven op de schuur schijten. Doen ze natuurlijk ook, maar ja, daar kan niemand wat aan doen. Als je moet, dan moet je, haha. Ach, het is zo mooi om zo'n beestje te zien opgroeien. Als ze klein zijn hangen ze als een verfrommeld propje in je handen. Vervolgens richten ze langzaam hun koppie op. Nieuwsgierig hè. Zin om te leven. Zin om te zien. En daarna gaan ze vliegen en help je ze steeds een stukje verder op weg. Zo ging dat bij Leo. Echt, je zou hem van dichtbij moeten zien. Zo'n mooi beest. Maar soms is ie de weg effe kwijt.'

Rob stond tegenover hem en keek hem aan. Ramon wist niet wie er nu het vreemdst deed. Hij voelde zijn hart in zijn door de hitte gezwollen handen pompen. 'Goed pik, ik zie je weer,' mompelde hij. Het was veel te benauwd.

24

Ze had de ruitenwisser moeten vervangen. Al weken had ze ervan geweten. Telkens als er een paar druppels motregen vielen en haar ruitenwissers als in een pavlovreactie begonnen te zwaaien, had ze het schurende piepgeluid gehoord van gebarsten rubber op glas. Het was er niet van gekomen er iets aan te doen. En nu reed ze langs het park met een achterbak vol planten uit het tuincentrum en brak er een hoosbui los. De staken begonnen ijverig te vegen, maar de slap geworden wissers lieten al het water liggen.

Lidia zat voorovergebogen, haar kin raakte bijna het stuur. Ze moest zich hevig concentreren om tussen al het vallende water door de weg te kunnen zien. Haar hoofd verdween bijna tussen haar schouders. Raar gedrag eigenlijk. Je zag het mensen ook doen die door de regen fietsten. Als schildpadden probeerden ze hun kop hun huisje in te trekken, maar dat hielp natuurlijk geen zier. Nat is nat, of je nu gekromd liep of rechtop.

Rustig blijven, geen paniek, mompelde ze. Ze zette de radio uit en gaf zachtjes gas terwijl het boven het autodak donderde. Boomtoppen zwiepten heen en weer alsof ze de wind van zich af wilden schudden. Het kletterde en raasde, water spoelde alle viezigheid van de straat. Normaal zou ze er blij om zijn geweest: weg met het stof, maar ze zag zo weinig dat ze niet verder durfde te rijden. Met een hobbelgangetje reed ze naar een parkeerplaats en zette de auto stil. Het bonkte nog altijd boven haar hoofd, het bonkte in haar hoofd. Lidia sloot haar ogen.

'GODVERDEGODVERDEGODVERDOMME!' Lidia zat meteen rechtop toen de schelle vrouwenstem over de weilanden gilde. 'MAARTJE HAAL DIE PINDA UIT JE NEUS! RICKY! RICKY! RICKY! LUISTER NAAR ME, HET IS NU KLAAR, STOP MET DAT GEKLUIF OP JE HAAR EN LEVI LAAT JE ZUSJE MET RUST! GODVERDE-TYFUSDEKANKERBENDE!!!!'

Anker-ende... anker-ende... De echo van het laatste woord galmde over de velden.

Lidia keek verward om zich heen. Door het regengordijn verscheen geen enkele gestalte. Er was alleen geluid, geluid dat overal vandaan leek te komen en haar insloot. 'Bloedhonden' leek iemand vanachter de bosjes te roepen. 'Vuile vieze zaadtrekkende graftakken' klonk het naast de molen.

En toen van veraf over de velden: 'En nu luisteren jullie allemaal eens een keer naar mij, stelletje oorwurmpjes, met jullie o zo schattige mondjes en garnalenvingertjes en malle uitroepjes en gekke vragen als "Trillen mijn billen als ik mijn tanden poets, mama?". Natuurlijk trillen je billen als je je tanden poetst, mongool. Nou en? Wat doet het ertoe? Waarom vraag je dat elke godvergeten eindeloze avond waarop je niet naar bed wil en de boel loopt te trainen, en je met je stomme kwestietjes tijd probeert te rekken zodat het veel langer duurt voor ik eindelijk eens een keer mag zitten. Met een glas wijn. Of twee. "Aaaaaaah, nog één verhaaltje. Aaaaaah toe, mama. Mama, trillen mijn billen als ik mijn tanden poets? En als ik loop? Die van jou wel, maar dat komt omdat jij al oud bent, hè mama? Mama? Mama? MAMAAAAAAAAAAAAA."'

Met een klap sloeg Lidia een hand voor haar mond. Ongemerkt was ze gaan meedoen met de tirade. Haar geschreeuw om haar moeder ketste tegen de voorruit. De regen sloeg er van de andere kant tegenaan alsof het water haar wanhoop wilde begroeten met een al te fanatieke high five.

Snel draaide ze de contactsleutel om en reed weg. Ze scheurde over de landweg toen een grote witte vlek door het weiland naderde. Was dat Jonneke? De vlek maaide met haar armen, de mond stond wijd open, haar gezicht vervormd door de regen en haar snelheid. *De schreeuw van Munch.*

Moest ze stoppen? Nee, natuurlijk niet. Jonneke zou nooit willen dat ze haar zo zou zien. Dit was Jonnekes privémoment, iedereen had recht op zijn eigen moment. Lidia moest weg hier en snel ook. Ze gaf gas, haar handen zo strak om het stuur dat haar nagels een brailleboodschap in haar handpalmen achterlieten.

Gas, gas, gas, gromde het in haar hoofd. Mamaaaaaaaaaaa. Gas, gas, gas, gas. Mamaaaaaaaaaaaaaa.

De klap waarmee ze de hond raakte had haar gegil nauwelijks overstemd. Het was vooral het vreemde gehobbel onder haar wielen waardoor ze op de rem trapte. Ze kneep haar ogen stijf dicht. Haar adem klonk gejaagd. Voorzichtig opende ze haar ogen. O god. Overal bloed. Ingewanden die als peuterklei over het asfalt gesmeerd waren. Botten, rafelig geknapt, als afgebroken tandenstokers waarmee je net lekker tussen je kiezen zat te poeren. Hoektanden dobberend in een regenplas. Overal stukjes, overal onderdelen, de zwart-witte hond in één klap volledig uit elkaar gereten; haar klap, haar auto, haar gekrijs.

Ze durfde niet uit te stappen en deed haar handen voor haar gezicht. Wat zou er gebeuren als ze doorreed? Ze hoefde niet te kijken. Nee, dat kon ze niet maken. Ze moest het weten. Ze haalde diep adem en opende voorzichtig het portier.

De dalmatiër van buurman Brand van nummer negentien kwam haar als een oude vriend begroeten. Het wegdek was leeg. Schoongewassen door de regen. Hijgend hurkte Lidia bij het beest, dat zijn kop onmiddellijk in haar schoot begroef. Met één hand aaide ze het, haar andere hand zocht warmte in haar kruis. Het bonsde daar, zoals het altijd deed als ze bang was. Mensen zeiden doorgaans dat angst in je buik zat. Maar Lidia wist dat dat niet waar was. Angst zat lager. Angst zat in je kut.

Ze aaide het dier. 'Alles is goed, alles is goed,' mompelde ze. De tong van de hond likte haar handen warm.

25

Het was een hele toer geweest de camera zo in te stellen dat hij niet alleen de rododendron filmde, maar precies tussen de gaten in de struiken door spiekte. Daarbij was het zaak het ding niet te wankel in de aarde te poten, omdat het risico bestond dat hij omkukelde en alleen een filmpje van de blauwe lucht, omrand door boombladeren, zou opnemen.

Zeker een halfuur had Evelien in de bosjes zitten klungelen voor de handycam precies op de juiste hoogte stond, stabiel en vast, de lens gericht op de voordeur van Rob.

Ze was eerst niet enthousiast geweest over het plan. Een vrouw van tweeënveertig die met krakende knieën als een jager in de bosjes zat te wachten om een filmpje te maken van haar prooi. Treurig. Maar Ada was vasthoudend geweest.

Bovendien was er dat rare telefoongesprek. Op aanraden van Ada had Evelien gebeld met de gemeente, simpelweg met de vraag of de bekende pedoseksueel R. van L. in hun woonplaats was komen wonen. 'Dat moet je kunnen vragen, dat is helemaal niet gek,' had Ada benadrukt. 'Je mag toch weten wie er in je straat woont?'

De dame bij het inlichtingennummer zei van niets te weten, vervolgens werd Evelien doorgeschakeld naar de afdeling Burgerzaken, waar alweer werd gezegd dat daar niets bekend was. En toen ze eiste een ambtenaar te spreken die haar meer kon vertellen, werd ze twintig minuten in de wacht gezet. Terwijl Simon & Garfunkel door de telefoon eindeloos over een brug en troebel water kweelden, tikte Evelien met haar nagel op de houten tafel.

'Met Van Seumeren.'

'Eh ja, met Evelien Zwetsloot, ik heb een vraag voor u.'

'Een vraag.'

'Ik, nou ja, er is een man in onze straat komen wonen en nu doen er verhalen de ronde dat hij is veroordeeld voor pedofilie en dat hij stiekem dus eigenlijk niet meneer Goudsmit is maar ene R. van L.'

'Er van El.'

'Ja, u weet wel, die pedofiel uit *Brandpunt*.'

'Die pedofiel uit *Brandpunt*.'

Waarom herhaalde die man alles wat ze zei? Had hij dat op een 'Hoe praat ik met de burger?'-cursus geleerd?

'Van die uitzending laatst. Hij is veroordeeld, wilde toen weer terug naar Breda–'

'Breda.'

'... waar ie vandaan kwam, maar toen hebben ze spandoeken opgehangen en demonstraties gehouden en vervolgens is ie gevlucht en, het is heus niet zo dat ik hem meteen wil wegjagen, of, in feite wel natuurlijk, als hij het is, als hij het niet is niet, maar – hieeeeeuw – dan moet ik eerst weten hoe het zit en daarom bel ik u voor informatie. Dus. En zo.'

'En zo.'

'Ja. En zo.'

'Wij geven geen inlichtingen over bewoners van onze gemeente.'

'Hoezo? Dat is toch openbare informatie?'

'Nee. Iedereen heeft recht op privacy.'

'En hoe zit het met mijn privacy?'

'Daar heeft u ook recht op.'

'Maar als er een pedo in mijn straat woont, heb ik helemaal geen privacy.'

'Jawel.'

'Dan heb ik geen leven. Dan kan ik niet vrij genieten van mijn kinderen. Dan moet ik die voortdurend in de gaten houden en mogen ze nooit zomaar naar buiten. Dat is toch geen privacy?'

'Jawel, u heeft nog steeds uw privacy.'

'Dus u geeft toe dat er een pedo in mijn straat woont?'

'Dat hoort u mij niet zeggen.'

'Er woont dus geen pedo in mijn straat?'

'Dat hoort u mij ook niet zeggen.'

'Hoe kom ik er dan achter?' Eveliens stem sloeg een beetje over.

'Elke burger heeft het recht ergens te wonen. Als iemand

iets crimineels heeft gedaan, moet hij na zijn straf opnieuw kunnen beginnen. Daarmee zeg ik niet dat uw buurman een veroordeelde is. Ik zeg alleen dat als het zo is, hij ook uw buurman mag zijn.'

'En wat als hij mijn kinderen iets aandoet? Heeft u zelf kinderen?'

'Dat doet niet ter zake.'

'Privacy zeker.'

'Correct. Mevrouw, ik kan niets voor u betekenen. Ik kan u geen informatie verstrekken. Het lijkt me verstandig dat u uw kinderen geen onnodige risico's laat lopen.'

Het lijkt me verstandig dat u uw kinderen geen onnodige risico's laat lopen. Sinds ze twee dagen geleden dat telefoongesprek had gevoerd, had ze het zinnetje eindeloos in haar hoofd herhaald. Dat zei die man niet voor niets. Hij mocht natuurlijk geen informatie geven, maar misschien wilde hij haar toch waarschuwen – tussen de regels door.

Gisterenavond laat had ze lang met Ada aan de lijn gehangen. Die had zich behoorlijk in de zaak vastgebeten. Ze had op diverse internetfora een oproepje geplaatst. Wie kende R. van L.? Wie had slechte ervaringen met hem?

Vanmorgen om zes uur had Ada een mailtje gestuurd naar Evelien.

Lieve Eef, ik wil je niet wakker bellen, dus mail ik je. Ik heb een doorbraak. Een vrouw uit het zuiden van het land heeft me een bericht-

je gestuurd. Ze heet Annemarie. Haar dochter is misbruikt door R. van L. Ze wil ons graag helpen. Nu moet jij doen wat we hebben afgesproken.

Dus daar zat ze met haar camera. Ze zou een filmpje van Rob maken en dat zouden ze Annemarie laten zien. Meneer Van Seumeren dacht hier ongetwijfeld het zijne van als privacy-liefhebber, maar Rob zou hier helemaal geen last van hebben, hij wist van niets, dus je kon het nauwelijks een aantasting van de levenssfeer noemen. Bovendien, als hij een pedo was en zijn handen niet thuis kon houden, had hij wat Evelien betreft helemaal nergens recht op.

Ze zuchtte tegen de lens en poetste met haar zakdoek een vetvlekje weg.

26

Annemarie was een spichtig vrouwtje van een jaar of dertig. Haar gezicht had de kleur van nattig karton en haar haar was zo dun dat haar schedel erdoorheen schemerde.

Dit was duidelijk een vrouw die het nodige had meegemaakt, wist Evelien toen ze haar een hand gaf in de stationsrestauratie waar ze hadden afgesproken. Evelien pikte dat soort signalen gauw op. Ze dacht niet voor niets geregeld dat ze hoogsensitief was.

Ze ging tegenover Annemarie zitten. Ada haalde appelpuntjes.

'Gek, hè.'

Annemarie knikte.

'Ik ben best zenuwachtig,' zei Evelien. 'Heel raar natuurlijk, want we kennen elkaar niet en we hoeven helemaal niet ingewikkeld te doen, het is geen sollicitatiegesprek of een tienminutengesprek op school, zo mal, daar ben ik ook altijd enorm nerveus voor, terwijl Lieke en Daan, onze tweeling van vier, héle leuke leef – Ieeeeeeuw – tijd trouwens, het supergoed doen, maar dit is gek genoeg misschien nog enger, al heb ik geen flauw idee waarom.'

De grote hand van Ada rustte plotseling zwaar op Eveliens nek. 'Relax, Eef. Laat mij maar, ik heb dit vaker gedaan.' Ze zette het gebak voor haar neus.

Evelien knikte en nam snel een enorme hap. De gelei plakte aan haar gehemelte.

Ada praatte verder. 'Annemarie, je hoeft jouw verhaal niet helemaal opnieuw te vertellen. Dat maakt je vast te verdrietig.'

Annemarie knikte.

'Waar het op neerkomt is dat jouw dochter Sylvia iets heel naars heeft meegemaakt.'

Annemarie knikte weer. Ze haalde haar mobiele telefoon tevoorschijn. Op het beginscherm stond een fotootje van een tienerkind met lang bruin haar en dezelfde fletse ogen als haar moeder.

'Wat een mooie meid,' riep Evelien. De gelei was inmiddels koud en was glibberig over haar tong uitgesmeerd. 'Net zestien geworden,' zei Annemarie met een glimlach.

Ada pakte Annemaries hand. 'Je zou ze tegen alle ellende willen beschermen. Kijk nou, de onschuld in dat gezichtje.' Ze zuchtte. 'Maar zes jaar geleden ontmoette ze hem. Op straat. Hij deed alsof hij fotograaf was en wilde haar introduceren bij een modellenbureau. Toen hebben ze een serie foto's gemaakt. Hij deed het zo handig. Steeds een stapje verder. Eerst met een schoudertje bloot, toen in haar bh'tje en uiteindelijk...'

Annemaries stem klonk schrikbarend luid toen ze Ada onderbrak. 'Uiteindelijk heeft ie gevraagd of ze haar vinger in haar poes wilde stoppen, daar heeft ie – klikklak – foto's van gemaakt. Een week later zei ie dat hij die foto's op internet zou zetten als ze hem niet zou pijpen, dus dat heeft ze gedaan. Daar zijn ook weer foto's van, en ten slotte heeft hij haar op deze manier gedwongen met hem te neuken.'

De nadrukkelijk uitgesproken woorden echoden na in het etablissement. Het muisje tegenover haar bleek meer dan alleen te kunnen piepen. Evelien begreep het. Als je dit meemaakt met je kind, bleef je de rest van je leven zitten met een bal woede in je lijf die zo nu en dan verschrikkelijke teksten uit je mond duwde.

Ada keek goedkeurend. 'Gooi het eruit. Wij luisteren.'

Annemarie vertelde dat het meisje thuis niets durfde te zeggen, dat ze stiller werd, zichzelf uithongerde – 'Allemaal reacties,' doceerde Ada –, totdat ze op school tijdens een aardrijkskundeles over de wet van Buys Ballot in janken was uitgebarsten. De klassenleraar wist na lang praten het verhaal eruit te krijgen. Toen ze aangifte gingen doen, bleek er een andere zaak tegen R. van L. te lopen. Uiteindelijk werd hij veroordeeld.

'Hij loopt nu al weer een tijd vrij rond,' zei Annemarie, weer op haar normale volume. 'Toen hij wilde terugkeren naar Breda is daar een hele heisa om geweest. Wij hebben ons afzijdig gehouden, we konden het niet aan. We waren

uiteindelijk natuurlijk heel blij en opgelucht toen hij weg-
ging. Maar afgelopen week las ik de oproep van Ada op een
forum voor lotgenoten en ik dacht: Dit mag niet gebeuren,
hij mag niet nog meer slachtoffers maken.'

Ada knikte. 'Heel goed, Annemarie. Het is belangrijk dat
wij ouders elkaar steunen. De regering doet niets.'

Evelien zat stil te kijken naar Ada, die dit keer een turquoise gewaad droeg met een bijpassende kloeke houten kralen-
ketting om haar nek die licht roffelde toen ze haar enorme
moederarm om Annemarie heen sloeg. De strijdlust van die
vrouw. Door dat soort mensen werd de wereld rechtvaardi-
ger. Evelien mocht haar altijd bellen. Overdag bij de crèche
als ze het, wachtend op de tweeling, plotseling te kwaad
kreeg ('Al die lieve kleine babybeentjes'). En 's nachts, als het
duister boven op haar lag, iedere vorm van relativering uit
haar wegdrukte en haar hoofd zwaar maakte, zo zwaar.

Langzaam legde Evelien haar videocamera op tafel. Stel je
voor dat ze beet hadden. Ze had geen flauw idee wat ze dan
zou moeten doen.

Ada knikte goedkeurend. 'Laten we kijken.'

Evelien drukte op play. Het beeld sprong aan, de deur van
het rijtjeshuis ging langzaam open. Eerst verscheen er een
grote Albert Heijn-shopper, vastgehouden door een harige
mannenhand. Er kwam een bruine schoen in beeld, een ver-
schoten spijkerbroek. Evelien tuurde naar de camera. Toen
richtte ze haar blik gespannen op Annemarie. Ze wist dat hij

zo zou bukken om zijn veter te strikken, waarna hij een paar tellen over de heg zou turen alsof hij iets hoorde en zo zonder dat hij het wist recht in de lens zou kijken.

Er verschenen rimpeltjes rond Annemaries ogen. Ze kneep ze eventjes dicht. Toen werden ze plotseling heel sprekend. Langzaam zette de appelgelei in Eveliens buik uit.

27

'Zorg dat je onderbroek bij je behaatje past.' Dat zei Lidia's moeder altijd. Want stel dat je een ongeluk kreeg en in het ziekenhuis belandde. Je gebroken been lag verwrongen op het asfalt. De ziekenbroeder zou je spijkerbroek moeten openknippen. En daar toonde je jezelf: in je zalmroze Sloggi terwijl je een donkerblauw bovenkantje droeg. Vernederender kon niet.

Met haar ogen gesloten stak ze hem in zijn geheel in haar mond. Zacht en vlezig plakte hij tegen de achterkant van haar tanden, haar tong onderzocht de buitenkant om vervolgens wreed door het gat te steken, waardoor de geglazuurde minidonut openscheurde. Ze slikte het ding door. Als een extra adamsappel bleef hij in haar keel steken.

Lidia's onderbroek paste altijd bij haar behaatje.

Ze zette een pak melk aan haar lippen. Enkele druppels belandden naast haar mond en volgden de glijbaan vanaf haar kin naar haar decolleté. Ze nam niet de moeite ze weg te vegen.

Niemand die haar zag, niemand die kon wijzen op de vlekken die ze maakte, niemand die zijn wenkbrauw optrok toen ze na de donut en de melk de rug van een haring met een klap op haar tong liet vallen en het beest langzaam met haar tanden begon te vermalen. Ze liet een geluidloze boer. Karamel mengde zich met vislucht.

Je moest je leven op orde hebben, anders werd het een bende. Dus ging je naar school en maakte je huiswerk. Je deed je hbo-opleiding en zocht een vent. Eentje die zich opfriste voor hij met je uitging, een vent met kansen op een goede baan, een vent die het leuk deed op een feestje. Dan trouwde je en kreeg kinderen. Een jongetje en een meisje. Het koningskoppel.

Haar maag trok samen. Kon ze meer aan? Ze pakte een stuk koude kip en het melkkarton. 'Winners never quit, quitters never win,' zei een fitnesstrainer van B N'ers laatst op televisie. Natuurlijk kon ze meer aan.

Je leven op orde. Je kocht een huis en was gelukkig. Dat ging niet vanzelf. Maar als je hard genoeg werkte, als je het driftig genoeg probeerde, kwam het geluk. Zo stond het in de blaadjes. 'Tien stappen op weg naar innerlijke vrede.' Of: 'Zo krijg je een opgeruimde geest.' En natuurlijk bleek je getrouwd met een man die het stom vond dat je die blaadjes las. Maar verdomme, jij probeerde het tenminste.

Teenage slut sucks big cock. Noem je dat proberen?

Met een bamischijf aaide ze over haar onderlip. De bevroren frituurlaag schuurde. Zelfs voor haar was dit niet eetbaar.

Ze kon hem in de friteuse gooien, maar dat zou iedereen ruiken als ze thuiskwamen. Witbrood dan.

Je moest je leven op orde hebben. Dat was helemaal niet zo simpel. Want je moest ambitie hebben, maar niet te veel, je moest er lekker uitzien, maar niet te lekker, je tuintje mocht geen bende zijn, maar een tuinarchitect inhuren was overdreven. Je moest maat houden. Je kop verbergen in het maaiveld. Maat houden, doseren, niet te veel.

Ze trok een blikje bier open.

Hield hij maat met die kinderhoeren van hem?

Ze had gewild dat dat wijf nooit had gebeld. Met haar paniekstem. Ze had nog hijgeriger geklonken dan normaal. 'We hebben hem. Het is hem. Ga nú naar je computer en surf naar www.stoppedos.nu. Als je mij niet gelooft, geloof dan die site. Het staat er zwart op wit.'

Ze had het nog gedaan ook. Geen idee waarom. Ze had niet willen weten wat ze nu wist. Toch had ze braaf het telefonische bevel opgevolgd, zoals ze altijd braaf bevelen opvolgde. Felgroene neonletters knipoogden naar haar vanaf een verder witte webpagina. Net toen ze begon aan het verhaal, lichtte het scherm van de computer plotseling blauw op. *Fatal exception error.*

Ze had het ding opnieuw opgestart maar kon zich zo snel de U R L niet meer herinneren. Stoppedospuntnl bleek niet te bestaan. Puntcom ook al niet. Wat was het nou? Ze had de geschiedenis van de webbrowser geopend om de juiste extensie op te zoeken. En daar had het gestaan. Een lange lijst van zoekzinnen die beslist niet van haar afkomstig waren.

Teenage slut sucks big cock.

Hot young teen fucked by monster dick.

Horny big ass brunette gets laid for the first time.

En opnieuw Teenage slut sucks big cock, wat blijkbaar zijn favoriet was.

Daarom sloop hij 's avonds zo vaak zijn bed uit. 'Even mijn mail checken, schatje.' Ze had niet eens hoeven te janken.

Je moest je afval scheiden. Zorgen dat je onderbroek bij je behaatje paste. Een moeder en een prinses zijn. Een hoer in bed, maar niet te hoerig. Toen ze net verkering hadden, had ze eens jarretels aangetrokken. Hij was er zo van geschrokken dat zijn lul amper stijf durfde te worden en op de substantie van een Monapuddinkje bleef lijken.

Zij was dan ook geen tiener meer. Blijkbaar was dat wat hij wilde. Een tienersletje.

Er klonk gerommel uit haar binnenste. Doorzetten nu. Ze greep een kano uit de koektrommel en woog hem in haar hand. Net een stevige pik. Kort, dik, anders dan die van hem. Misschien zou zij daar ook eens naar op zoek moeten gaan. Een beetje variatie. Ze zuchtte. Nog iets op haar to-dolijstje.

Ze peuterde de halve amandel van de koek en stak hem in haar mond. Haar kiezen maalden het nootje fijn. Dit moest genoeg zijn. Over een kwartiertje kwamen ze thuis, tijd om de chaos op te ruimen. Ze stond op en wankelde naar de wc.

Haar wijsvinger zocht de top van haar huig en begon het roze knopje routineus te vingeren.

Teenage slut sucks big cock.

Fatal exception error.

In een grote golf stuwde het eten haar keelgat uit. Ze mikte in de pot. Zonder te knoeien.

28

Er was iets raars met Lidia geweest. Ze keek hem niet aan toen hij thuiskwam. En dat terwijl hij juist zo opgewekt had gedaan. Hij had geïnformeerd naar haar dag, was enthousiast over de lavendel die zo mooi in de tuin bloeide, en had zelfs gevraagd of ze haar make-up een tikje veranderd had. Na haar afgemeten 'Goed', 'Dank je' en 'Ik heb het al jaren zo, Joor' sjokte hij naar de slaapkamer.

Iets meer waardering omdat hij zo zijn best deed zou fijn zijn. Hij had het ook niet makkelijk. De sfeer op kantoor was gespannen. Leeghwater liet zich weliswaar amper zien, maar dat was vooral omdat hij voortdurend conferencecalls had met pakkenmannen in het buitenland. Er gingen geruchten over een overname door Koreanen. En iedereen wist wat er na overnames gebeurde.

Hij had geen zin in paniek, dus had hij er niets over gezegd. Hij kwam juist overdreven hard fluitend thuis, maar hij bracht het niet op om nu naast zichzelf ook nog Lidia aan haar haren uit het moeras te trekken. Ze nam maar een kopje sterrenmix als ze rustig wilde worden.

Misschien zat het haar dwars dat hij vanavond ging stappen met Rob. Over dat pedofielengedoe had hij haar niet meer gehoord, maar hij begreep van Ramon dat Evelien inmiddels op haar zolderkamer bezig was een actiecentrum op te zetten.

'Ze kan natuurlijk best gelijk hebben,' had Ramon gezegd. Er klonken zinnen met termen als 'Stel je voor' en 'Vreemd verhaal'. Joris luisterde half. Hij had wel iets anders aan zijn hoofd.

Waarschijnlijk moest Joris niet verbaasd zijn dat Rob gemengde reacties opriep. Hij was nu eenmaal anders, en alles wat anders was viel op in deze wijk. Zo Hollands was dat. Narrow-minded noemden de Engelsen dat. Mooi woord. Opmerkelijk eigenlijk dat Nederlanders niet een soortgelijke term kenden. Veelzeggend ook. Blijkbaar waren ze zo narrow-minded dat ze niet in staat waren hun eigen kleinburgerlijke gedrag een naam te geven. Nauwgeestelijk, zo kon je het noemen.

Natuurlijk, de Jonnekes uit de buurt hadden hun mond vol over carpe diem, over hun mondaine levensgevoel. Maar zodra de Thai het waagde een gerecht te serveren dat pittiger was dan een Unox-bamimix, schrok iedereen zich de tandjes. Het moest vooral niet te gek worden.

En dus werd er maanden over gegiecheld dat Meta, de vrouw van de bloemenstal, hairextensions had genomen. 'Zo onnatuurlijk,' had Jonneke gezegd. 'Ze is vijfenveertig. Ze kent zeker de uitdrukking "Van achteren lyceum en van voren museum" niet.' Het mocht dan onnatuurlijk zijn, Joris vond Meta lekker, met dat lange zwiepende krulhaar van haar. Maar dat kon niet in de Vinex.

Daarom ook werd hij nog steeds raar aangekeken als hij op zijn vouwfiets een boodschap ging doen. Een vouwfiets, dat was buitenissig.

Laatst was hij een dagje naar Amsterdam geweest met Lidia. Hij had erop gestaan een segway te huren, zo'n apparaat op wieltjes waarmee je rechtop staand door de straten reed. Lidia moest er niets van weten, ze wilde naar de Bijenkorf. Een uurtje nadat hij haar daar had afgezet, zweefde Joris over de Prinsengracht. Hij snoof de vissige waterlucht op, zwaaide naar een groepje verbaasde Japanners, floot 'Hé Amsterdam, ze zeggen dat je bent veranderd' en segwayde op een haar na een vrouw omver met een enorme geperoxideerde toeter op haar hoofd die riep: 'Hé lampenkap, ken je niet uitkijke met je poffertjesporum!'

Hij had een fantastische middag gehad. Thuis zocht hij meteen op wat zo'n segway kostte. Hij zou er zo mee door de weilanden kunnen zoeven. Het was in elk geval stukken minder belastend voor zijn knie dan racefietsen. Helaas, tienduizend euro had hij niet paraat. Lidia zag hem aankomen. Nauwgeestelijk.

Rob had om het verhaal moeten lachen. 'Je voelt je bevrijd op een segway? Jij moet eruit. Je even los- en vrijmaken. Laten we een keer gaan stappen. Volgende week is er een feest in De Ark, die nieuwe club.'

Daarom stond hij nu voor de spiegel in een iets te strak shirt. Hij had het een paar maanden geleden gekocht en nooit durven dragen. Zijn buik kwam er prominent in uit. Als hij bukte leek het of hij een autoband had ingeslikt. Maar wanneer hij rechtop bleef staan ging het best. Zeker als hij zijn riem strak genoeg deed, zodat zijn broeksband als korset diende en hij het shirtje ietwat liet bloezen, moest het kunnen.

Twee uur later perste Joris zich dicht tegen een neonverlichte bar aan. Met zijn handen rommelde hij onder zijn shirt en maakte zijn riem en het bovenste knoopje van zijn broek open. Niet dat die te strak zat, maar het was zo heet in die hut, hij kreeg gewoon geen lucht. Niemand zou het zien, zeker niet omdat hij de Leica van Rob strategisch op navelhoogte had hangen.

'Hoezo wil je fotograferen in een club?' had Rob verzucht toen Joris hem ophaalde en vroeg of hij zijn camera mee kon nemen. Joris mompelde iets over een kunstprojectje dat hij wilde starten. 'De lange nacht' noemde hij het. Rob grijnsde. 'Als jij een beetje wil pielen, vind ik het best.'

Zodra hij het fototoestel om zijn nek had gehangen, stond Joris rechterop. Het was alsof de zwaartekracht de andere kant op werkte. De zware Leica striemde niet in zijn schouders en trok zijn nek niet naar beneden. Hij liet hem juist zijn borst openen. Zijn hoofd stond ook stabieler op zijn nek, als een luchtballon met strakgetrokken touwen.

Zelfs toen ze in de rij voor de deur van de nachtclub stonden, voelde Joris zich redelijk op zijn gemak. Natuurlijk zag hij er anders uit dan de hipsters om hem heen. Velen hadden het haar opgeschoren, alsof ze in de jaren veertig waren geboren. Ook bloempotkapsels bleken populair. Er waren baardjes en her en der spotte hij een heuse snor. Hij moest er een beetje om grijnzen. Alles wat in zijn jeugd fout werd genoemd, was momenteel hip. Drukke shirts, hoogwaterbroeken, rare ski-jacks. Alleen al daardoor vielen Joris en Rob uit de toon. Maar het was niet erg om erbuiten te staan, want van een vlassnor was nog nooit iemand opgeknapt, zelfs niet een jongen van een jaar of twintig met de prachtig geprononceerde pruilmond van een dikke zoetwatervis.

Dat Rob er niet voor terugschrok het publiek te becommentariëren, gaf Joris' zelfvertrouwen een extra zetje. 'Je zult het niet geloven: dat snorretje is fotomodel. Hilfiger, Boss, dat werk. Doet het heel goed in New York. Over een maand is hij nergens meer, dan willen de modellenbaasjes weer iets weldoorvoeders.' Joris lachte mee. 'En daar hebben we dat meisje van die spelshow. Ze mag de honderdduizendeurocheque uitreiken.' Hij wees tersluiks naar een graatmager grietje dat in de rij stond te wiebelen en voortdurend met haar ogen rolde. '*Cokehead*. Zonde.'

Vlak voor hen stond een groepje luid en druk te praten.

'Een trioooooooo,' brulde een van de grieten met een hertachtig gezicht. 'Ik wil een triooooooo.' Rob schudde zijn hoofd. 'Zoveel lawaai altijd. Die is van de tribe.' Joris probeerde te kijken of hij het begreep. 'De tribe,' legde Rob uit, 'is een groepje acteurs, actrices en andere Bekende Nederlanders die altijd met elkaar hangen. Ze hebben geen gezinnen maar elkaar, roepen ze heel hard. Ze zijn een extended family.'

'Extended wat?' vroeg Joris.

Rob haalde zijn schouders op. 'Ach, iedereen is op zoek naar een manier om zijn eenzaamheid te maskeren.'

Het hertje werd door een van de jongens in de houdgreep genomen terwijl ze gierend van de lach een fles wodka aan haar mondje gezet kreeg. 'Lieve kinderen, hoor. Alleen een beetje druk,' mompelde Rob.

Toen Rob en Joris eindelijk langs de doorbitch met heel hoge hakken, heel rode lipstick en heel veel piercings in haar gezicht waren geglipt, begon Joris toch wat nerveus met zijn vingers tegen zijn spijkerbroek te trommelen. De muziek stond hard, waardoor hij Robs relaxte commentaar niet meer kon verstaan. Hij knikte op goed geluk.

Joris was nooit dol op uitgaan geweest. Vroeger las je in contactadvertenties dat iemand zichzelf omschreef als 'Geen bar- of danstype'. Dat zou op Joris kunnen slaan, ware het niet dat hij wel een gezellige jongen was en dat dat zinnetje je vooral deed denken aan een saaie sneuneus die niets liever deed dan de hele dag vogeltjes vouwen van doorschijnend turquoise crêpepapier.

Joris hield heus van een drankje en hij was ook zeker een prater. Hij voelde zich in cafés alleen vaak wat verweesd. Het begon altijd prima. Hij tikte een biertje weg, sloeg op schouders van vrienden ter begroeting, vroeg naar hun leven, beantwoordde vragen over zijn eigen dagen, en zo kwam hij de eerste uren aardig door. Maar of het nu aan zijn alcoholinname lag of aan iets anders, heel vaak kwam er een moment dat hij zichzelf plotseling zag staan. De iets te joviale jongen die probeert ritmisch met zijn hoofd te bewegen op de muziek. De getapte gast die een grapje maakt dat net niet aankomt. De dertiger die opeens zijn beide duimen opsteekt, om zijn vrienden te laten zien dat hij het enorm naar zijn zin heeft. Die figuur was hij, maar hij voelde het niet. Hij bekeek hem van een afstand en hoe langer de avond duurde, hoe ongemakkelijker het werd. Voor hij het wist stond hij op de wc naar zijn eigen te grote opgewonden ogen te loeren en waren de rozen op zijn wangen verschenen. Blosjesman.

Het stroboscopische licht maakte de gezichten om hem heen hard. Lichte rougeveegjes op zachte meisjeswangen werden uitvergroot tot groteske schaduwen, driedagenbaardjes werden zwarte vlakken in het gezicht van de mannen. Oogwit lichtte fel op, alsof er voortdurend lampjes aan- en uitgingen.

Rob troonde Joris mee naar de bar. Hij voelde zweet vanuit

zijn knieholtes naar beneden sijpelen. Rob gaf hem een glas wodka met ijs. Joris was meer een bierman maar hij verzette zich niet. Het vocht gleed stroperig zijn keel in. Rob gaf hem een goedmoedige por. 'Lekker?' kon Joris liplezen. Hij knikte en kreeg weer een glas.

Rob werd intussen begroet door twee vrienden. Ze gaven elkaar high fives en maakten ingewikkelde boksbewegingen. Dit was Robs natuurlijke habitat. Als hij bij de bar kwam, werd hij meteen geholpen. Hij bewoog op de muziek zonder overdreven te dansen. Een meisje dat per ongeluk tegen hem aan stootte gaf hij een knipoog die slechts vriendelijk was, niet glijerig. Rob leek geen seconde buiten zichzelf te treden of bang te zijn dat hij niet in de maat der dingen danste.

Maar Joris had Robs camera. Toen hij na eindeloos wachten een derde wodka had kunnen bestellen en die met getuite lippen naar binnen had geslurpt, durfde hij het apparaat in zijn handen te nemen. Even was hij bang dat het aanstellerig zou staan, hij met zo'n paparazzigeval, maar in deze omgeving – waar mannen mutsjes droegen, vrouwen voor de gein tijdens het dansen hun warm gezwollen tepels toonden en tribes met zijn vijven tegelijk aan het tongzoenen waren – was iets niet zo snel aanstellerig.

Joris stelde scherp en focuste op de zoenjongens en -meisjes. Hij zoomde in, zij kusten, hij klikte, hij zoomde nog meer in, totdat zijn hele scherm gevuld was met vlees. Een tongkluwen, als een glad zeemonster, sappig, geil en een beetje eng tegelijk.

Joris fotografeerde meer details. Een leernicht met een druipsnor die zijn mondhoeken naar beneden leek te trekken. Een zwarte man met een cowboyhoed op wiens gezicht zo donker was dat het leek of de hoed alleen door de ruimte zweefde. Twee meisjesvoeten in heel hoge sandaaltjes met op de wreven onder de snijdende bandjes blarenpleisters die zich langzaam van de huid aan het losmaken waren. De vervellende pootjes droegen het kind de dansvloer op, waar ze hoekig meebewoog met de bas. Joris volgde haar met zijn camera en danste als vanzelf hoekig mee. Het voelde volkomen natuurlijk.

Er zat ritme in zijn manier van fotograferen. Er zat ritme in hem. En dat blauwe licht stond hem ook aan. Het gaf hem het gevoel dat hij in een donkere kamer zat. Afgesloten van het daglicht, van de buitenwereld, alleen bezig met zichzelf en de beelden die hij maakte.

Joris draaide om zijn as en schoot lukraak met zijn camera. Hij ving de glitterlamp, hij ving een piercing in een dunne bovenlip, een doodskopring aan een frêle meisjeshandje, een straaltje bloed dat naar beneden droop uit het neusgat van een schichtig kijkende jongen die net uit de toiletten kwam.

De ijsklontjes in zijn glas, de wodka die steeds minder bitter smaakte, de geur van bier... Natuurlijk kon hij geur niet fotograferen, maar op zijn beelden moest die te ruiken zijn omdat de verschaalde drank overal te ruiken was. Een geur van echtheid, van ongepoetst nachtleven.

Hij had deze geur eeuwen niet meer geroken. Hoe langer hij in de twee-onder-een-kapwoning in het verkeersdrempelpark woonde, hoe prominenter de geur van luchtverfrisser zich in zijn neuspapillen had gehuisvest. Ieder akelig reukje, of het nou poep, bloemkool of kattenvoer was, diende te worden weggesprayd met de zorgvuldig samengestelde walm van Ambi Pur. Thai orchidee. Ochtendfris. Zachte witte bloem. Vanilla Bouquet. Blue Ocean.

Hier hing de walm van bier. En van wodka. Ze zeiden altijd dat die sterke drank geurloos was, maar dat was een leugen. Het rook naar adem. Naar zíjn adem, naar zijn echte adem. Joris blies in zijn glas en bewasemde het. Onmiddellijk drukte hij weer af. Zo maakte je kunst. Je associeerde, dacht buiten de hokjes, kleurde naast de lijntjes, verwarde zintuigen. Joris rook het blauwe licht. Hij inhaleerde de dreunende bastonen. Hij likte het ritme.

Rob had hij al een uur niet gezien. Het deed er niet toe. Hij dobberde in deze beukende blauwe baarmoeder. Terwijl de camera hem aan het begin van de avond een alibi gaf om als buitenstaander plaatjes te maken, waren hij en zijn camera inmiddels deel van wat er voorviel.

In de rij naar de toiletten bood een jongen hem een trek van een joint aan. Joris inhaleerde, de voorkant van zijn hersenpan werd meteen zoet en zacht van herkenning. Als

student had hij zich een jaartje letterlijk en figuurlijk suf ge-
blowd. Zelfs Lidia deed geregeld mee. Ze rookten samen,
liggend op zijn matras, aten vervolgens een zak tortillachips
leeg en als ze gek deden een pak roze koeken erachteraan.
De seks daarna was altijd net iets vrijer, ze durfden beiden
een beetje meer.

Op een keer had ze hem zelfs met zijn wijsvinger naar
haar anus geleid. Ze was gillend klaargekomen toen hij haar
zachtjes perforeerde. Maar toen Joris de volgende ochtend,
nuchter en wel, nogmaals afdaalde naar haar bilspleet, had
ze zijn hand snel weggeduwd. Niet lang daarna had ze gezegd dat het afgelopen moest zijn met dat blowen. 'We lijken
wel een stelletje hippies.'

Hier was hij geen hippie. Hij was zomaar iemand, een man
zonder leven, verleden of identiteit die simpelweg moest pis-
sen en intussen lurkte aan een zoet smakende sigaret.

Toen hij terugstommelde naar de bar, zag hij eindelijk Rob
weer. Met zijn lange lichaam leunde hij tegen een betonnen
paal. Zijn hand aaide de nek van een meisje. Ze had een gaaf
gezicht, uitstekende jukbeenderen en een klein, perfect ge-
vormd neusje. Haar ogen hield ze gesloten toen Rob haar
kuste. Ze drukte haar bottige heupen tegen de zijne, hij bewoog met haar mee. Het zag er geroutineerd uit, de manier
waarop hij haar tegen zich aan liet leunen, hoe hij speelde
met haar oorlel, met zijn hand haar nek greep, met zijn tong
over haar lippen likte.

Joris drukte bewonderend af. Rob was aantrekkelijk zonder glad te zijn, had zelfvertrouwen zonder arrogant over te komen en hield van vrouwen zonder desperaat achter hen aan te gaan.

Dat hoefde hij ook helemaal niet. Joris had het eerder op de avond al gezien. De blikken van meiden die uitgebreid op Rob bleven rusten. De glimlachjes die ze hem toezonden. De gilletjes die in zijn nabijheid iets scheller waren dan normaal.

Rob deed of hij het niet merkte, maar hij wist heel goed hoe hij zijn charmes moest gebruiken. Hij liet zich alleen niet verleiden om de eerste de beste te pakken. Nee, Rob nam de tijd om zorgvuldig zijn prooi uit te zoeken. Vervolgens wachtte hij – hij had geen haast – en wachtte nog wat langer om uiteindelijk relaxed een praatje met haar te maken. Niet lang daarna drapeerde ze zich al als een doorschijnend lapje vlees over hem heen, één plak oestrogeen verlangen.

Misschien was dat het waarom de vrouwen uit de straat zo zenuwachtig van hem werden. Wilde Lidia stiekem meegaan in de verhalen van Evelien omdat ze zenuwachtig van hem werd? Kietelde hij haar te veel? Hijzelf was in elk geval wel door Rob beroerd, waardoor het weer bruiste in zijn binnenste, een gevoel dat hij bijna vergeten was. Rob had hem wakker gekust, net zoals hij dat bij het meisje met de jukbeenderen deed.

De stilte klonk harder dan de deep trance in De Ark had gedaan. Joris stond tegen het hek van zijn tuin geleund en luisterde. De Vinex-haven sliep. Vlak daarvoor hadden hij en Rob elkaar omhelsd. Rob had zich, na urenlang tongen en aaien, eindelijk losgemaakt van zijn hinde. Mee naar huis mocht ze niet. 'Ze was legendarisch dom,' zei hij toen Joris en hij in een taxi richting hun straat zoefden. 'Bovendien: samen uit, samen thuis, gabber.'

Voor Robs deur had hij zijn vriend bedankt. 'Voor wat?' had die gevraagd. Joris had hem een seconde te lang aangekeken. 'Voor je weet wel.' Rob grijnsde. 'Ga lekker je roes uitslapen, jij.'

Maar Joris had geen slaap. Hij hing over het tuinhek en tuurde naar de neuzen van zijn gympen op het grind. Met tegenzin schuifelde hij naar binnen, waar hij onmiddellijk zijn schoenen diende uit te doen en ze in het rekje moest plaatsen, zodat de dauwdruppels de komende uren langzaam in de plastic lekbak eronder zouden lopen.

Het afdruiprek, het halletje, de mat voor de deur met de tekst WELCOME, het bakje met de tekst POES. Het was een wonder dat er op de wc-bril niet STRONT stond.

Op zijn sokken gleed hij naar binnen. De woonkamer. De keuken met de afwasmachine, keurig ingeruimd. De vorken rechtop naast elkaar, daarnaast de lepels, vervolgens de messen. De glazen zorgvuldig neergezet zodat ze niet konden omrollen als de lade openschoof. De deksels, als dakpannen schuin gestapeld, elkaar net niet aanrakend. De Calgonit-vaatwastabletten met Finish Powerball konden hun desin-fecterende werk doen.

De trap naar boven, de ietwat ingesleten derde tree. De fo-to's in houten lijstjes aan de muur. Allemaal zwart-wit, zodat er eenheid bestond. Lidia, hij en de kinderen bij een kerstcir-cus vijf jaar geleden. Sterre met de tranen nog in haar ogen omdat haar suikerspin net gevallen is. Lidia in bikini op het strand in de Algarve, haar buik bedekkend met een *Flair*. Da-niel glunderend op voetbalkamp. Het familieportret gemaakt door een echte fotograaf, dat hij haar cadeau had gedaan. Ze moesten allemaal iets wits aan. 'Sensation white' had hij ge-grapt. Zijn vrolijke blik, de armen losjes om de kinderen heen geslagen, Lidia stralend naast hem. Dit was hun wereld. Een mooie wereld. Een oceaanfrisse wereld.

Met kerst kwam er al jaren geen echte boom meer in. In de schuur stond een plastic geval dat zich opende als een pa-raplu. Onbreekbare ballen, een beetje dennenspray en klaar: uw perfecte kerst. Volledig maakbaar. Hij leefde als was hij volledig omwikkeld met kreukvrije stof.

Halverwege de trap keerde Joris opeens om. Hij moest iets. Het liefst ging hij terug naar buiten, de bosjes in. Daar zou hij zich kunnen laten gaan. Eventjes maar. Helaas hoefde hij nooit 's nachts. Toch was het nodig.

Hij sloop naar beneden. In de woonkamer liep hij rondjes. Hij plofte op de bank, bladerde door een oude krant, stond op, schuifelde naar de keuken, dronk water uit de kraan, draaide zich om, draaide zich nog een keer om, liep terug naar de kraan, dronk opnieuw een paar slokken, ging de woonkamer weer in en bleef uiteindelijk bij de eettafel staan. Hij moest iets lozen – als het niet op zijn gebruikelijke manier kon dan maar anders.

Daar stonden ze in de vensterbank. Twee glazen vazen, half gevuld met wit zand en in het midden dikke zalmkleurige kaarsen. Langzaam liep hij ernaartoe en pakte de eerste op. Het glas voelde koel aan zijn vingers. Hij zette het ding voor zich op tafel en opende zijn gulp. Zijn pis maakte kuiltjes in het zand.

29

'Had u vragen over de medicijnen?' Zeventien, hooguit achttien was ze, het kassameisje bij de Etos.

'Ja, ik vroeg me af of ik al deze paracetamolletjes tegelijk
rectaal kan inbrengen, nog ín het stripje,' had Lidia willen
antwoorden, maar ze glimlachte naar het wicht en antwoordde: 'Nee hoor.'

Zou dit Joris' type zijn? Voorheen zou ze hebben gedacht
dat het kind veel te jong was, maar nu ze had gezien dat Joris'
laptop vol teenage sucks big cock-filmpjes stond, wist ze dat
zijn ondergrens lager lag.

Ze had er niets over gezegd en had haar walging wegge-
slikt, tezamen met een heleboel haringen, tompoezen en
koude kip. Iedere kerel keek porno, dat wist ze heus wel.
Natuurlijk was het een vies woord, 'tienersletje', maar loeren
naar meisjes met ontluikende tietjes was iets anders dan on-
tucht, dus ze moest niet hysterisch doen.

Al dagen belde Evelien haar met de vraag of ze op die ene
rare site had gekeken. Vanmorgen kon ze zich er eindelijk toe
zetten. Diverse mensen hadden inmiddels gezegd dat ze Rob

herkenden op de videobeelden. Er kwamen steeds meer testimonials onder het verhaal te staan. Ene Trudie schreef:

Deze smeerlap heeft een jaar op onze kinderen gepast. Wij lagen in scheiding en ik had wat hulp nodig. Rob woonde in de buurt en zei dat ik de jongens altijd kon brengen. Na een jaar wilde Jasper er opeens niet meer heen. Ik ben er nooit achter gekomen waarom. Het voelt niet goed.

Een anonieme getuige meldde zich en schreef dat Rob zo verdacht rondhing in het park. Vlak bij de speeltuinen. Wat doet een volwassen vent daar? Het forum stond vol ellenlange scheldkanonnades. *Alle pedo's moeten dood!*, *Tuig van de richel!*, *Castratie!*

Lidia wilde er niet te lang blijven hangen. 'Wie schreeuwt moet zichzelf overtuigen,' zei haar moeder altijd. Wel onder de indruk was Lidia van het verhaal van Stans uit Rotterdam. Zij formuleerde veel voorzichtiger dan de anderen, maar wat ze schreef deed Lidia iets sneller ademen.

Geachte medewerkers van deze site,

Ik zie hier alle verhalen over R. van L. en hoewel ik vind dat iemand niet zomaar beschuldigd mag worden, slaap ik er al nachten niet van. Hij lijkt namelijk enorm op Mark, een fotograaf die drie jaar geleden mijn dochter heeft ingepalmd. Zij was toen dertien jaar en heel erg zoekende. Ze zocht vooral bevestiging. Van jongens. Ze kleedde zich sexy, liep op hoge hakken door de straat en deed alles voor een beetje sjans, zoals ze dat noemde. Op een dag is ze Mark tegengekomen bij de tennisvelden. Aan het einde van de middag hebben we haar huilend bij het clubgebouw gevonden. Die Mark had haar eerst veel complimentjes gegeven, iets wat ze erg leuk vond. Vervolgens vroeg hij of hij in de buurt wat foto's van haar mocht maken. Hij heeft haar meegenomen naar een bouwterrein. Hoe het precies is gegaan weet ik nog steeds niet. Uiteindelijk komt het erop neer dat ze al haar kleren heeft uitgetrokken en hij bij haar binnengedrongen is. Ze wilde dit niet, maar durfde geen nee te zeggen omdat ze zelf met hem mee was gegaan. Uiteraard hebben we aangifte gedaan, maar de zaak is niet bewezen geacht. Die Mark heeft ze nooit meer gezien. Nu blijf ik denken: is Mark Rob? Moet ik naar de politie gaan? Wat adviseren jullie?

Lidia staarde door de ruit van de Etos. Het was stil in het winkelcentrum. Ze keek naar haar contouren. De contouren van een vrouw van middelbare leeftijd. Plotseling verscheen in de spiegeling van het raam het meisje dat ze vijfentwintig jaar geleden was. Het meisje dat op een dag uit school was gekomen met een gek gevoel in haar lijf. Lidia had niet geweten waarom, maar ze moest die dag de stad in. Ze schopte haar Levi's uit, slingerde haar spijkerblouse in een hoek en pakte een rokje waar ze eigenlijk uit gegroeid was. Het spande om haar billen, als ze bukte zouden haar kadetjes eronderuit floepen. Erboven droeg ze een T-shirt dat haar eigenlijk te klein was en dat haar meisjesborsten opduwde. Ze moest zich tonen, mannen moesten naar haar kijken, de drang was sterker dan alle waarschuwingen van haar moeder.

Licht misselijk was ze op haar fiets gesprongen, ze had geen idee waar ze heen moest, zolang er maar veel mensen waren.

In het centrum van de stad krioelden kevers dwars door elkaar heen. Diertjes die ieder een eigen lading, een eigen bestemming, een eigen doel hadden. Zij was een meisjeskever van dertien met een jong, glanzend en vooral licht pantser. Onbeschadigd, onbezoedeld, onaangeraakt.

Ze schuifelde onrustig door de hoofdstraat. Langs de Blokker, voorbij de snackbar, de schoenenwinkel. Ze trippelde naar binnen en deed of ze geïnteresseerd was in een paar paarse gympies. Ze pakte een exemplaar uit de stelling, ging zitten en strekte haar been. In de spiegel bekeek ze haar smalle enkel, haar uitstekende knie, het vlees van haar bovenbeen. Ze bukte diep, alsof ze haar schoen uit ging doen. Haar tepel raakte haar schoot, schuurde tegen de stof van haar bloesje. Om haar heen klonk huisvrouwengekwebbel, het geluid van ritsen die werden dichtgetrokken. Af en toe stootte een vrouw per ongeluk tegen haar rug. Ze hield haar hoofd gebogen.

Ze was er niet, althans niet voor deze oudedamesmeute. Haar schaamlippen prikten, als ze haar bekken een beetje kantelde zou haar nattigheid misschien een stempeltje maken op het skaileren bankje. Alsof ze het een klein nat kusje gaf. Langzaam richtte ze haar schouders op, haar hoofd naar de spiegel gericht. Er stond water in haar ogen. Geen tranen, het was ander vocht. Ze keek zichzelf aan en opende toen langzaam haar knieën.

'Kan ik je helpen?' vroeg de verkoopster die plotseling naast haar was opgedoken – veertig, blonde uitgroei, lange voortanden. Lidia griste haar spullen bij elkaar, mompelde dat ze er even over na moest denken en schoot de winkel uit.

Terwijl ze haar sleutel in haar fietsslot probeerde te frommelen, hoorde ze gefluit. Een groepje stratenmakers had haar in de gaten. 'Lekker kontje!' schreeuwde de bijdehandste. Ze keek op, trok haar rokje iets naar beneden en glimlachte naar de man. Hij was een jaar of dertig, zijn haar was piekerig. Ze staarde stompzinnig zijn kant op.

'Hoe heet je?' riep de jongen terwijl hij naar haar zwaaide. Ze dacht aan het eelt dat ongetwijfeld op de muis van zijn hand zat, aan het schuren ervan over de zachte binnenkant van haar dijen. Hoe hij haar zou opwrijven en rode krassen zou achterlaten op haar huid. Ze schreeuwde haar naam.

'Wat ben je mooi,' riep hij. De blossen op haar wangen. Ze moest hier weg, dit zou haar moeder nooit goedvinden.

'Hé meissie! Draai eens een rondje.' Ze keek hem niet-begrijpend aan.

'Laat me naar je kijken,' riep hij, en met zijn wijsvinger tekende hij een cirkel in de lucht. Ze liet haar fiets los en zette haar voeten langzaam in beweging. Schuifelend maakte ze een voorzichtige draai. De stratenmakers joelden. Ze wist dat ze moest stoppen maar ze draaide door, nog een rondje, nog een. Haar lichaam kreeg vaart, haar haar ving de wind, ze spreidde haar armen, het fladderde in haar buik, ze was draaierig, misselijk, maar het was zo lekker. Nog even en ze zou opstijgen, nog even, nog even, daar kwam het, daar ging ze, de lucht werd licht, haar lijf werd licht, ze kwam omhoog.

Een grote mannenhand drukte ferm op haar schouder. 'Alles goed?' Meester Van der Stal had haar vriendelijk aangekeken.

'Alles goed, mevrouw?' Het Etos-kind wapperde met een klantenkaart. 'Spaart u voor de gratis handdoeken?'

Lidia knikte. Uiteraard spaarde ze voor de handdoekenset. Dat deed iedereen. Het was niet erg om te zijn als iedereen. Sterker, het was puberaal je aan de massa te willen onttrekken. Lekker tegen de norm aan schoppen. Roepen dat jij het allemaal anders zou doen dan je ouders, dan hun ouders en dan hun ouders' ouders.

Eeuwenlange evolutie had ergens toe geleid. Maar wat wist Lidia daar als meisje van dertien van? Natuurlijk, ze had het gevoel dat dat wat ze deed niet hoorde. Ze was voortdurend bang geweest plotsklaps haar moeder tegen het lijf te lopen toen ze de bouwvakker opgeilde. Maar haar drift, de zeurende krampjes die zich vanuit haar baarmoeder door haar lichaam verspreidden, wilde ze niet negeren.

Dat had ze wel moeten doen. Er had god weet wat met haar kunnen gebeuren. Lidia moest er niet aan denken dat Sterre als een op hol geslagen bronstig paard door de stad zou paraderen, haar rokje zo hoog opgetrokken dat omstanders met een beetje moeite zicht hadden op haar meisjeskutje, het lichaamsdeel dat tot dan toe alleen gezien en aangeraakt werd door Sterre zelf. En door Lidia en Joris toen ze nog luiers droeg.

Het idee dat kerels seksuele gedachten konden hebben als ze het geslacht van haar kind zouden zien, wilde ze nauwelijks toelaten. Ze kon het allemaal begrijpen, zeker. De geiligheid van die kinderen, de hormonale drift van die mannen, ja ja, alle begrip natuurlijk, een mens is een dier, een kever die niets liever wil dan boven op een andere kever kruipen. Maar conventies waren er niet voor niets. Eén daarvan was dat je van kinderen afbleef.

Opeens wist Lidia het heel zeker. De schaamte over haar eigen driften had haar blik vertroebeld. Ze had gedaan of jeugdige geilheid doodnormaal was en dat ze het dus prima moest vinden dat oudere mannen zich door jonge meisjes lieten inpalmen. Maar het was niet zoals het hoorde. Ze mocht misschien een burgertrut zijn, maar dit waren de jaren zeventig niet. Dat stupide decennium waarin iedereen met iedereen neukte en waarin je lichaamssappen diende uit te wisselen met je vrienden en de buren. De 'alles moet kunnen'-doctrine.

Al op haar lagere school was zij een van de weinige kinderen in de klas van wie de ouders nog bij elkaar waren. De vrije seksuele moraal had het ene na het andere huwelijk aan diggelen geslagen. Want wat was iedereen liberaal en vrijzinnig. Een triootje was geen probleem, een mama die elke zondag een lesbisch uitstapje met haar kapster maakte was zichzelf lekker aan het ontdekken, en kinderen die al op hun zesde voorwerpen in lichaamsopeningen stopten werden vrolijk toegelachen.

O, het leek zo lekker vrij en wars van regeltjes in die jaren. Niemand die er rekening mee hield dat Samantha Geimer nog een kind was toen Polanski haar penetreerde, niemand die de pedovereniging voor de voeten wierp dat volwassen kerels weliswaar relaties met kleine meisjes wilden aangaan, maar dat kleine meisjes helemaal niet weten wat een relatie inhoudt. En niemand die eens aan Linda, Eefje of Maud uit haar klas had gevraagd waarom ze 's nachts huilden als hun ouders weer eens enorme ruzie hadden vanwege een of andere bijslaap.

Het werd een chaos als je je niet aan de afspraken hield. De afspraak om voor één iemand te kiezen, om je partner in je eigen leeftijdscategorie te zoeken. De afspraak om je driften in toom te houden.

Lidia's laarzen stampten woedend door de poeltjes die

de miezerregen die middag op het stadsplein had doen ontstaan. Het werd tijd dat ze eindelijk actie ondernam.

Haastig slingerde ze het portier van haar auto open en
smeet het doosje paracetamol op de bijrijdersstoel. Haar
moeder keek haar met donkere ogen aan. Joris had het kitsch
gevonden, zo'n fotootje van een dode op haar dashboard,
maar Lidia weigerde het weg te halen.

'Maak je geen zorgen, mama,' mompelde ze terwijl ze de
auto startte. 'Ik heb het in de hand. Alles is onder controle.'

30

Ramon lag languit de laatste editie van *Het spoor der kampioe-*
nen door te bladeren, het magazine voor de duivenliefhebber.

'Zeg schaaaaat,' begon hij.

Ze stond onmiddellijk op. In eerste instantie had hij het
best grappig gevonden. Maar haar drang naar perfectie werd
de laatste weken steeds sterker. Alle oortjes links, geen enkel kopje gedraaid. Snoep in de ene tupperwarebak, chips in
een andere, blikken erwtensoep gebroederlijk naast elkaar
op dezelfde plank, allemaal met het Unoxmerk naar voren.
Zodra Ramon 's avonds langzaam uit de grijsleren bank
oprees en zich als een luiaard uitstrekte, vloog zij uit haar
stoel.

'Wat wil je hebben, liefje? Een doosje Pringles, of die wa-
feltjes, of zal ik anders wat toastjes smeren?'

Handig, maar de lol was er inmiddels af. Evelien was de
hele dag bezig. Met kopjes draaien, met Ada bellen, met de
was drie keer opnieuw vouwen omdat niet alle shirtjes exact
op elkaar pasten.

'Nee, ik hoef niets,' zei hij en hij trok haar tegen zich

aan. Met zijn hand wreef hij langs de zijkant van haar borst, haar buik leunde losjes tegen de zijne. 'Word eens rustig, schatje.'

Eveliens ogen stonden groot. 'Dat gaat niet. Het ene afschuwelijke verhaal na het andere komt binnen op de site. Dit is niet goed.' Ze liet Ramon enkele reacties lezen, zoals ze de dagen daarvoor ook al had gedaan. Hij had ze diagonaal doorgekeken. Ze maakten hem onrustig. Niet zozeer vanwege de beschuldigingen als wel vanwege de toon van de mails. *Schop hem in zijn kloten* was een van de mildere uitspraken. *Laat hem zijn puddingbuks in een meloen stoppen* was een creativere. Maar veel teksten stonden vol regelrechte doodsbedreigingen. Al die woede, mensen die andere mensen het hoekje om wilden hebben, het was niet zoals het hoorde. "Zelfs niet als ze je dochter verkracht hebben?" zou Evelien kunnen vragen. Nee, zelfs dan niet.

Het liefst dacht Ramon er helemaal niet over na. Kon het allemaal niet worden zoals het was? Gewoon gezellig. Al die morele kwesties, Ramon wilde er niet zoveel van vinden. Vorige week stond Rob te neuzen in de boekhandel, en waar Ramon normaal joviaal op hem zou zijn afgestapt – 'Heeeeeee, buum' – was hij nu snel op zijn fiets gesprongen en had naar het eind van de straat gestaard, alsof hij Rob – die net zijn hand naar hem opstak – niet had gezien.

Evelien had hem voor de voeten geworpen dat hij laf was. 'In de oorlog keek half Nederland ook de andere kant op.

Wat wil je straks zeggen als hij een kind heeft gepakt? Dat je het *nicht gewusst* had?'

Hij kende dit van haar. Als Evelien zich in het nauw gedreven voelde, schoot ze uit haar heup. Misschien had hij er niet over moeten beginnen, maar hij had zich niet kunnen bedwingen toen ze plotseling uit zijn omhelzing was opgesprongen om in de computer met grote letters STOP ROB over een foto van de buurman heen te typen.

'Ik heb het gevoel dat het erger wordt de laatste tijd.'

'Wat?'

'Je weet best wat ik bedoel.'

'Ik wil het er niet over hebben.'

'Niet overal schuilt gevaar, Eef.'

Hij had het zo rustig mogelijk gezegd.

'Het gevaar woont anders hiernaast.' Haar blik op het scherm, haar hand razendsnel met de muis.

Zijn hand die haar schouders had proberen te kneden. 'Dat weet je niet zeker. Jij denkt het overal te zien.'

Ze was nauwelijks verstaanbaar geweest. 'Omdat het overal is.'

Met haar vinger tikte ze op het raamkozijn. Altijd dat tikken. Vijfmaal. 'Ik word er rustig van,' gromde ze in de tijd dat hij er nog opmerkingen over durfde te maken. Nu liet hij het al jaren zo. Ze had iets nodig om de demonen te verjagen. De zorgen die steeds haar leven binnenmarcheerden. Niet luidruchtig op stampende laarzen, maar eerder geluidloos, zoals poezenvoetjes die over je bovenbenen aaien om plotseling hun nagels in je vlees te zetten, zo diep dat hun sporen de hele dag naschrijnen.

Evelien zette zich elke dag schrap. Tegen gevaar dat zich nog lang niet op hun deurmat had getoond. Hij was naast de bureaustoel geknield. 'Het gaat zo niet, schat. Als er een bom in Londen is ontploft, wil jij er nooit meer naartoe. Je leest een verhaal over antrax en je controleert onze post op poeder. Je hoort iets over de toename van hondsdolheid en Boris moet weg.'

Evelien had hem aangekeken en daarna weer naar het computerscherm getuurd. 'De hond hoefde niet weg.' Tik. Tik. Tik. Tik. Tik.

'Omdat ik dat tegen heb gehouden. Jij met je angsten... De kinderen hebben een moedervlekje en ze zitten meteen bij de dermatoloog.'

'Het leven zit vol verrassingen, Ramon. Voor je het weet neemt het een wending waar je niet op zit te wachten. Je wandelt over straat, je voelt het lentezonnetje op je hoofd, je mijmert over het avondeten – zullen we nasi doen of een macaronischotel? –, je bent volmaakt rustig, ontspannen, en dan sla je een hoek om en krijg je plotseling een rechtse directe van het leven zelf. Je kind gaat dood. Je man gaat bij je weg. Er valt een bom.' Tik. Tik. Tik. Tik. Tik.

'Daar kun je niet de hele tijd rekening mee houden.'

Ze was even stil. Toen ging ze zacht verder. 'De meeste

184

mensen denken: Dat overkomt mij niet. Daarin verschil ik van de rest. Ik denk altijd: Dat overkomt mij wel.'

Ze keek hem aan. Haar gezicht was rond, drie sproetjes lagen als hagelslagjes op haar neus. Met een weids gebaar wees ze naar de computer. 'Straks ben je me dankbaar. Je moet er toch niet aan denken dat Lieke en Daan in een kamertje liggen, hun handjes en voetjes vastgebonden, hun kleertjes op een slordige hoop in een hoek gegooid. En hij met zijn camera klikkend eromheen. Dat hij bij ze kruipt en met zijn hand voelt en tast naar openingen. En dat hij dan zijn broek…'

Ramon aaide haar haar tot ze stopte met praten.

31

De brom van de Nespresso-machine overstemde het getetter in de woonkamer. Ramon had zijn vriendelijkste en meest begripvolle blik opgezet, maar zijn ogen knipperden driftig. Al die mensen in zijn huis – vooral vrouwen –, dat alleen al was reden voor Ramon om heel veel grapjes te maken, met een onverwachte armzwaai de lamp zowat omver te stoten en iets te hard te lachen. Hij was een lieverd, maar zodra er oestrogeen in de buurt was, werd hij een uitvergrote versie van zichzelf.

Hij paste zich maar aan, deze middag was te belangrijk. Toen ze op de site een aankondiging had geplaatst voor een spoedvergadering, waren er binnen een halfuur al twintig aanmeldingen. Nu zat haar huis vol bezorgde ouders. Tot Eveliens verbazing waren het niet alleen buurtgenoten, maar was er zelfs een stel helemaal uit Groningen komen rijden.

'We moeten iets doen tegen dit soort viezerikken,' mompelde de man, een hoekige, kale vijftiger met een vermoeide blik.

Volgens Ada was dat precies wat ze wilde: eendracht, een

186

gemeenschappelijk gevoel van bezorgdheid, samen ten strijde trekken tegen de kerels die onze kinderen bezoedelen.

'Schatje, ik ga... eeeeh... De duiven moeten echt...'

Evelien wapperde met haar hand. 'Naar buiten, ja. Het is oké.' Ze knikte Ramon toe.

Hij sloot de deur, wat voor Ada het teken was om op te staan. Ze droeg een zwart, nauwsluitend broekpak met een grove zilveren ketting, waardoor ze de indruk wekte aan het hoofd te staan van een grote computerfirma of een ministerspost na te streven. Ongelofelijk dat ze op die palen van hakken kon lopen, dacht Evelien.

Ada beende naar voren. Haar publiek zat verspreid door de kamer op tuinstoelen, kussens en de bank. Ze nam uitgebreid de tijd om de mensen eens goed te bekijken. Het werd vanzelf stil. Afschuwelijk lang. De beheersing van deze vrouw bleef Evelien verbazen.

Ada had geglimlacht toen Evelien met haar anti-Rob-folders was komen aanzetten. '*Stop Rob*. Wat leuk bedacht. Slim ook. Maar ik denk dat we het anders moeten aanpakken. Rob is een handige jongen, als we nu veel lawaai maken kan hij dat tegen ons gebruiken.' Ze noemde de term heksenjacht. 'Dat is natuurlijk totaal niet waar we op uit zijn, maar zodra mensen in de buurt het gevoel krijgen dat wij op hol geslagen vrouwen zijn die een doodgewone, sympathieke buurman proberen zwart te maken, staan we nergens. We moeten het slimmer spelen. In stilte.' Evelien had geknikt. Slimmer. In stilte.

Het zware, rustgevende stemgeluid van Ada zoemde door de kamer. 'Wat-ont-zet-tend-fijn-dat-jul-lie-er-zijn.' Elke lettergreep kreeg nadruk.

'Laten we beginnen. We weten allemaal waarom we bij elkaar zijn gekomen. Voordat we concrete plannen maken wil ik mijzelf aan jullie voorstellen, zodat jullie weten dat jullie niet met een of andere onbetrouwbare charlatan in zee zijn gegaan.'

Ze lachte, de kamer lachte mee. Een zee van opluchting. Toen begon ze te vertellen.

Het was een verhaal van pijn. Ada's misbruikte broertje. De vieze gymleraar. Ouders die er nooit over spraken. De jongen die op zijn achttiende zijn kop in een strop legde. De vader die hem vond terwijl Joy Division op repeat stond. *Procession moves on. The shouting is over.*

Maar zij zou niet stil blijven. Al tien jaar jaagde Ada kinderverkrachters op. Haar site had vijfduizend unieke bezoekers per maand. 'Het is niet fijn als je daar als pedo op genoemd wordt, hoor.' Bovendien had ze haar eigen waarschuwingsmethode. Om de zoveel tijd dook ze plotseling op in het leven van een van haar prooien.

'Eén blik is vaak al genoeg om hun piemeltjes te laten verschrompelen van angst.' Gegrinnik.

Een vrouw met bordeauxrood poedelhaar en een Rotterdams accent riep: 'Mooi. Hoe minder pik, hoe beter.'

Ada vertelde over een hopman bij de scouting bij wie er

kinderporno op zijn computer was aangetroffen. 'Dan neem je aan dat die, hup, de gevangenis in wordt gegooid. Maar wat denk je? Een taakstraf. Twee maanden paarden voeren op een boerderij, meer niet. Zo beschermen wij in Nederland onze kinderen.'

'Dat kan toch niet zomaar?' kefte de poedel. Ada keek haar publiek een paar seconden aan. Toen antwoordde ze heel kalm. 'Dat kan dus wel zomaar.'

Maar niet als het aan haar lag. Om de paar maanden zocht Ada de hopman op. Ze parkeerde haar auto voor zijn woning en bleef daar urenlang zitten. 'Meer hoef ik niet te doen, hij weet dat ik er ben.'

Om hem extra schrik aan te jagen sprak ze hem soms aan. Bij de supermarkt bijvoorbeeld, waar hij net een pak melk, een diepvriespizza quattro stagioni en een doos eieren stond af te rekenen. 'Alles goed, Gerard?' vroeg ze dan liefjes.

Ada was ook niet te beroerd om Gerards werkgevers van de nodige informatie te voorzien. Hij hopte daardoor van baantje naar klusje naar clubje, almaar op de hielen gezeten door Ada en haar starende blik. 'Alles goed, Gerard?'

Ada glimlachte tevreden. 'Gerard wordt misschien niet door justitie opgesloten, maar zo heeft hij ook geen leven.'

Verstoren noemde ze dat. Dat kon een heel effectieve methode zijn om ervoor te zorgen dat pedo's hun handen thuis en hun piemels in hun broek hielden. Maar hoe wist Ada zeker dat ze echt niets meer zouden doen? De vraag kwam van

Sylvia, Annemaries dochter, die de ontmaskering van Rob aan het rollen had gebracht. Verlegen keek ze om zich heen. De blikken van de volwassenen in de kamer rustten op haar, het medelijden lag in hun ogen.

Ada schraapte haar keel. 'Dat is inderdaad het probleem. Dat weten we niet.'

Het meisje keek naar de vloer. Het liefst was Evelien bij haar gaan zitten om haar tegen haar grote borsten te drukken, maar ze was bang dat het kind zou schrikken.

'Ik snap jullie bezorgdheid,' ging Ada verder. 'Het lijkt of we niets kunnen beginnen. Natuurlijk kunnen we ons gemoed sussen door te denken: Hoe groot is de kans dat ons kind met een pedofiel te maken krijgt? Maar vergis je niet: wetenschappers vermoeden dat tien procent van de volwassenen pedoseksuele gevoelens heeft. Dat is dus één op de tien. We zijn hier met tweeëntwintig man, reken maar uit.'

Er klonk geschuifel.

'O nee, drieëntwintig,' lachte Ada en ze wees naar Ramon, die al een tijdje in de deuropening stond mee te luisteren.

Afwerend stak hij zijn handen in de lucht. 'Ik ben het niet, ik ben het niet!' Zijn harde lach werd gretig door de anderen overgenomen.

Ada lachte mee. 'Natuurlijk niet. Waarom zou je ook, met zo'n prachtige vrouw?'

Evelien voelde haar wangen gloeien. Ada was niet alleen strijdlustig maar ook warm.

Ada was op het puntje van de keukentafel gaan zitten. 'Jongens, ik denk dat we het beestje bij de naam moeten noemen. Een man zonder verleden. Een onduidelijk verhaal. Een gemeente die geen antwoorden geeft. Een opvallende gelijkenis met een dadertekening. Ik denk dat je dat niet kan en mag negeren. Je vergeeft het jezelf nooit als het misgaat en je hebt het al die tijd geweten.'

Niemand mocht iets van zijn vermoeden laten merken, legde Ada uit. Pas op het juiste moment zouden ze toeslaan. En wel op zo'n onoverkomelijke wijze dat Rob er niet onderuit kwam om te bekennen.

Ada zou een draaiboek maken. Het allerbelangrijkste was om in het diepste geheim te opereren. Op de site zou ze een adres plaatsen waar belangstellenden naartoe konden mailen. Alle info over Rob zou ze er afhalen, om niet het risico te lopen dat Rob zichzelf onverhoopt online zou tegenkomen. Wie mee wilde doen kon terecht op een speciale afgesloten chatpagina. 'Zoals pedo's contact met elkaar zoeken via chatprogramma's waar normale mensen nooit komen, zo kunnen wij, de pedojagers, dat ook. Hoewel, pedojagers vind ik een naar woord. Wij maken geen jacht, wij zetten alleen recht wat krom is in de samenleving.'

Er werd driftig geknikt. Evelien schuifelde naar de deurpost waar Ramon nog steeds tegenaan geleund stond. Hij glimlachte en knikte mee, maar zijn ogen staarden naar één plek in de ruimte. Evelien volgde zijn blik. Toen zag ze het.

Op de leuning van de bank zat een besnorde man met zijn grote dijen boven op de laatste editie van *Het spoor der kampioenen*. Ach schat, dacht Evelien en ze aaide hem over zijn rug. 'Ik weet dat je een hekel hebt aan al die mensen in ons huis. Straks is alle ellende voorbij. Denk daar maar aan,' fluisterde ze.

Ramon leunde tegen haar aan. Hij nam een slok van zijn koud geworden koffie. 'Eef?'

Ze humde.

'Weet je heel zeker dat hij het is?'

'Ja.'

32

De vloer van de zolder kraakte luid toen ze haar voet erop zette. Lidia hoorde haar hart haast roffelen.

Dit kan niet. Dit kan niet. Dit kan niet.

Sluipen in je eigen huis, bang om geluid te maken. De mokkataart vermengde zich in haar maag met twee gebakken eieren en een restje runderstoof van de dag daarvoor. Ze had te weinig tijd gehad het eten goed te vermalen. Normaal gesproken ging ze zitten tijdens een eetbui, op haar plekje tegen de koelkastdeur, maar ze had Evelien een belofte gedaan.

Dus sloop ze nu op haar pantykousjes over de gang. Zo stil mogelijk opende ze de doka waar Joris de afgelopen weken vaak te vinden was. Rob was er geregeld bij geweest. Hij leerde Joris foto's ontwikkelen.

'Waar is dat voor nodig, alles staat toch op zijn schermpje?' had Lidia gevraagd. De mannen maakten vrijwel gelijktijdig een 'Ha!'-geluid. Digitale fotografie had niets te maken met het echte werk. De ware beelden lieten zich niet door bits en bytes vastleggen, daar had je ouderwetse film voor nodig.

Lidia had afwezig geknikt. Ze vond het lastig om normaal te doen met Rob in haar buurt. Ze zag hem liever niet in de omgeving waar Sterres ondergoed in de wasmand lag te broeien en Daniel rondliep met zijn tengere naakte bovenlijf.

Lidia moest zichzelf geregeld bedwingen om haar zoons uitbottende lichaam tegen zich aan te trekken. Hoe ouder je kroost werd, hoe minder lijfelijk je met hen mocht zijn. Gek was dat. Wanneer kinderen op een leeftijd kwamen dat ze fysieke interesse in anderen gingen tonen, mocht je als moeder geen vinger meer naar ze uitsteken.

Lange tijd waren Sterre en Daniel enorm vrij als het om lichamelijk contact ging. Gek genoeg stoorde dat Lidia totaal niet. Wanneer volwassenen, zelfs haar eigen man, haar lijf bekeken, was er onmiddellijk schaamte, het gevoel dat ze zich moest verbergen. Maar haar kinderen mochten alles zien en overal aankomen. Ze bloosde niet eens toen Sterre op haar tiende midden op de bank haar roze gestippelde onderbroekje uitdeed en haar benen spreidde. 'Kijk mama, hier zit een haar.' Lidia had liefdevol geknikt. Haar kleine meid werd groot. Het was de laatste keer dat ze het geslacht van haar dochter zag.

Wat ze vooral miste was het huidcontact, de kindergeur: een mengeling van dadels, aardbeienyoghurt en aarde, die ze opsnoof als ze haar neus in de oksel van haar dochter of zoon duwde. De zachtheid van de onderruggetjes, waar ze met

194

haar nagels overheen kriebelde terwijl haar kroost kronkelde van genot.

Eén keer had Daniel – hij was toen een jaar of vijf – een erectie gekregen toen ze hem in bad aan het inzepen was. Het piemeltje werd hard, en terwijl ze misschien zou hebben gedacht dat de stijve van haar zoon haar doodsbang zou maken, moest ze zich inhouden het ding niet aan te raken. Ze hield zoveel van hem – van zijn gezichtje, de blonde donshaartjes op zijn oren, van zijn bottige knietjes en ja, ook van dat tumtummetje tussen zijn benen – dat ze hem had willen verzwelgen, dat ze het liefste één met hem had willen worden, zoals verliefde mensen voortdurend willen vrijen in een poging in elkaar op te gaan.

Natuurlijk was dit een perverse gedachte. Ze had het nooit aan iemand durven vertellen. En het idee dat anderen net als zij in haar kinderen wilden opgaan, maakte dat het stuk Bonbonbloc waar ze al morrelend aan de dokadeur haar tanden in had gezet, linea recta met een golf maagzuur weer naar boven kwam.

Snel slikte ze de halfverteerde zooi weg en stapte de donkere ruimte binnen. Haar ogen prikten omdat ze zo heftig stond te knipperen, maar ze wilde zo snel mogelijk aan de duisternis wennen. Het was al halfvijf. Nog even en ze zou de banden van de auto horen knerpen op het grind. Joris zou zijn welbekende 'Schatje, daar ben ik dan!' door de gang laten schallen. De kinderen zouden gillen wie er het eerst op de

Wii mocht. De macaronischotel moest in de oven.

'Ik moet weten wat hij daar uitspookt, Lied.' Evelien had haar gesmeekt om te kijken. Rob die zo vaak gebruikmaakte van hun doka. Het zou fantastisch bewijsmateriaal kunnen opleveren.

Lidia streek met haar vingers over de glanzende papieren die aan een waslijntje hingen te drogen. Ze waren wit. Pas over een paar uur zouden er, als tovenarij, gestaltes op te onderscheiden zijn. Bevroren stukjes leven. Ze snoof aan een bak ontwikkelvloeistof, stootte bijna een potje onbekend chemisch spul omver, tegen Robs camera. Het ding leek nonchalant in een hoekje gesmeten, boven op een map waar slordig de randen van een reeks foto's uit staken.

Ze sloeg de map open. Halmen. Eindeloze rijen halmen die bij de slootjes in het natuurpark stonden. Een verlaten roeiboot, de roeispanen als twee hulpeloos bungelende armen in het water. Het kerkje van het dorp verderop. Een bejaard stel op het bankje ervoor.

Deze reeks leek verdorie *Ontdek je plekje* wel. Zo saai, zo standaard, zo Nederlands. 'Dat is het engst aan hem.' Ze hoorde het Evelien zeggen. Juist op de keurige mannen, de ogenschijnlijk nette burgers, moest je letten. Nu was Rob natuurlijk allesbehalve saai en standaard, maar zijn foto's waren van een zeldzaam lusteloze braafheid. En misschien moest Lidia dat inderdaad verdacht vinden. Het kwaad verschool zich immers. In doodgewone accountants die van de ene op de andere dag hun gezin uitmoordden omdat ze ervandoor wilden met een Poolse importbruid. In liefhebbende verpleegkundigen die midden in de nacht met spuitjes dormicum in de weer gingen en zo zonder overleg vijf bejaarden uit hun lijden verlosten. In sukkelige Amerikaanse schooljongens die volslagen onopvallend waren tot ze op klaarlichte dag midden in een lokaal een geweer tevoorschijn trokken en hun complete klas en de leraar wiskunde neermaaiden.

Nu stond ze daar met een map vol polderplaatjes in haar handen, waar geen erotica in te ontdekken viel, tenzij je botergeil werd van een roeispaan. Ze kon zich niet voorstellen dat dit haar moest alarmeren.

Lidia graaide in de diepe zak van haar linnen broek en stak een hand Engelse drop in haar mond. Salmiak mengde zich met harde suikerballetjes. Hier was niets te vinden. Joris zou best gelijk kunnen hebben met zijn gemopper op Evelien. Rob was weliswaar op die pedosite herkend, maar de vraag was door wie. Al die mensen die rond Evelien en Ada zwermden, daar was misschien iets mis mee. Ze waren zo overtuigd van hun gelijk. Lidia was nooit overtuigd van haar gelijk.

Twijfel is een teken van intelligentie had ze eens op een scheurkalender gelezen. Als dat waar was, was zij Einstein in het kwadraat. Ze begreep niet hoe iedereen altijd zo zeker durfde te zijn. In de krant, op Twitter, in haar aquagymklas. De een verkondigde een nog stelliger mening dan de ander. Of het nu ging over brood eten ('Niet doen, gluten zijn de duivel'), het klimaat ('Al die milieuactivisten lullen maar wat') of het seksuele leven van de bidsprinkhaan ('Geen dier doet het vaker'), met grote beslistheid verkondigde eenieder zijn of haar waarheid. Lidia knikte dan altijd. Of ze glimlachte. Ze had geen flauw idee wat er mis was met brood, milieuactivisten of bidsprinkhanen. Ze wist alleen dat er iets niet klopte aan haar, de eeuwige twijfelkont. Karakterloos type. 'Het kan vriezen het kan dooien'-tante. Daar won je de oorlog niet mee.

De drop was doorgeslikt en Lidia legde de map foto's precies zo bij de camera als ze hem had aangetroffen. Fout, niet fout, ze had geen flauw idee. Ze propte de lege Bonbonbloc-verpakking in haar zak, waarbij ze per ongeluk een lens omstootte. Ze schrok. Die dingen waren duur. In het duistere roze licht dook ze op haar knieën om het glazen oog te vinden, dat onder de werkbank was gerold.

Wat was het achteraf gezien fijn geweest als haar kinderen op dat moment thuis waren gekomen. Dat ze hun gekibbel had gehoord, van schrik te snel omhoog was gekomen en haar hoofd had gestoten tegen het werkblad. Dat ze haastig naar buiten was gesneld, de deur muisstil dicht had getrokken en te vrolijk had geroepen: 'Hoehoe! Dag lieverds.'

Als dat was gebeurd had ze nooit de grote envelop gevonden die op de grond in een hoek verborgen lag. Ze had hem niet hoeven openen. Haar plakkerige handen hadden niet door de stapel foto's hoeven te gaan.

Blote borsten. Krioelende tongen, ze kon niet eens tellen hoeveel. Meisjesvoeten, met pleistertjes erop. Een beugelbekkie, omrand door een volle pruillipmond. Tienerbilletjes als kleine heuvels onder een heel kort rokje, van beneden af gefotografeerd. Een eindeloze reeks jonge lichaamsdelen.

Laat deze foto's alsjeblieft van Rob zijn en niet van Joris. Paniekerig bleef ze dat denken. Laat ze niet van Joris zijn.

Natuurlijk waren ze niet van Joris. Rob was hier de fotograaf, niet Joris. Die mocht af en toe met Robs camera pielen en dacht daardoor dat hij Mario Testino was. Twijfel mocht dan een teken zijn van intelligentie, er waren zaken die zelfs háár overtuigden.

Voor het eerst in haar leven had Lidia besloten dat ze iets zeker wist.

33

Het gehakt sloot zich om zijn mollige vingers als brooddeeg om een hotdogworst. Het sopte en slurpte zich vast, zocht een weg onder zijn nagels, achter zijn nagelriemen, tussen zijn trouwring en zijn ringvinger. Hoelang hij dat vermalen lam al stond te kneden wist hij niet, hij merkte alleen dat hij geen zin had zich van het vlees los te maken.

Vanavond hadden ze het straatfeest en Lidia was in alle staten. Ze had hem lang op zijn mond gekust voor ze naar de kapper ging. 'Mijn haren laten stylen,' had ze lachend gezegd. 'Ik heb zin in iets anders.'

Jammer. Juist bij speciale gelegenheden zag hij haar zo graag zoals ze was. Zoals ze vroeger was vooral. Met speels springhaar, hakken, een beetje lippenstift misschien. Maar Lidia wilde een volwassen glamourlook, had ze gefluisterd.

Natuurlijk zou hij haar metamorfose straks omstandig prijzen, al was het maar om haar mild te stemmen. De boodschap die hij morgen voor haar had zou hard aankomen. Fucking Leeghwater.

'Joehoe.' Met een klap sloeg de hordeur van de keuken

open en daar stond Jonneke in al haar glorie. Een naveltruitje boven een lange gebloemde rok.

'Zit de stemming er al in?'

Joris kneep en kneedde het gehakt tot een flinke homp.

'Zeker. Ik ben al ballen aan het draaien.'

'Ik kom een schaal lenen voor de couscous,' zei Jonneke. Joris gebaarde met zijn kin naar het keukenkastje rechts boven hem.

Ze manoeuvreerde met haar smalle heupen langs zijn lichaam.

'Heb je zin in vanavond?'

Ze stond op haar tenen om iets te dicht bij hem naar boven te reiken.

'Jawel.'

Ze kon er net niet bij. Joris haalde een hand uit het vlees en wilde het kastje openen, maar ze duwde zijn vingers weg. 'Nee, viezerik, ik pak wel een stoel.' Ze rook naar bodylotion, een zware bloemige geur vermengd met aloë vera, of hoe die troep ook mocht heten. Ze hipte elegant op een keukenstoel en pakte de schaal.

'Ik heb je wel eens enthousiaster gehoord.'

'Ik ben heel enthousiast.'

'Trek je dat aan?'

'Hoezo?'

'Zo gewoon.'

'Ik zal er een feesthoedje bij uitzoeken.'

Jonnekes gelach echode tegen de ijzeren schaal onder haar arm. Joris keek naar zijn handen. Gemalen mensenvlees zag er vast net zo uit als lamsgehakt. Dat was een geruststellend idee. In wezen bestonden ze allemaal uit dezelfde rotzooi. Botten, spieren, bloed, haar en vel. Je kon er chic en verheven over doen, maar eenmaal in een grote maalmachine bleef er niets anders van je over dan een fikse hoeveelheid shish kebab.

'Hoe dan ook, we hebben er zin in.'

'Zeker, wij ook. Enorm. Ik heb nog nooit zo'n zin gehad.'

'Ben je sarcastisch?'

'Hoe kom je erbij?'

'Het is feest. Lekker, hup hup, uit de sleur. Dat moet jou aanspreken.'

'Jonneke, ik ben vandaag boventallig verklaard. Is dat genoeg uit de sleur?'

Het was eruit voor hij er erg in had. Het kwam door die bodylotionlucht vermengd met de ijzergeur van het vlees. Die kietelde hem, de ergernis moest eruit, als een nies die je heel lang probeert te bedwingen en die je, als het echt niet anders kan, alsnog zo stiekem mogelijk laat komen. Maar die, juist doordat je zo krampachtig doet, veel harder rond sprietst dan hij had gedaan als je keihard hatsjoe had geschreeuwd.

Driftig wapperend schudde Joris zo veel mogelijk vermalen ingewanden van zijn handen. Met zijn armen voor zich uit schuifelde hij naar de gootsteen.

'Wil je het alsjeblieft voor je houden? Lidia weet het nog niet en ik wil haar avond niet verpesten. Ik vertel het morgen wel.'

Jonneke knikte. 'Natuurlijk.' Ze versperde hem de weg richting kraan en keek hem diep in de ogen. 'Op mij kun je vertrouwen, dat weet je.' Haar stem klonk zacht. 'Ik vind het hartstikke rot voor je, Joris.'

Met zijn vieze handen nog steeds voor zich uit gestoken plofte hij op de stoel die zijn buurvrouw midden in de keuken had gezet.

'Het is allemaal zo anders dan normaal,' zei hij. 'Lidia's moeder is dood, ik ben mijn baan kwijt, Evelien is op oorlogspad en ondertussen proberen we het hier een beetje gezellig te houden. Ik heb geen idee hoe we het gaan redden. Soms zou ik het liefst de hele flikkerse bende achter me laten.'

Jonneke schoot in de lach. 'Nou zeg.'

'Vind je dat gek?'

'Ik denk dat je overdrijft. Weet je, je kunt zelf bepalen hoe zwaar je de dingen maakt. Ik zeg altijd maar zo: life is not a game to win or lose. It's a gift to love if we wisely chose.'

'Ik snap je niet,' bromde Joris.

'Ook al verlies je alles, de liefde staat overeind.'

'O ja.'

Joris tuurde naar de muur. Lidia was dol op Jonneke-quotes. 'Clichés zijn niet voor niets clichés, er zit een hoop waarheid in,' zei Lidia altijd als Joris weer eens op hun buurvrouw afgaf. Blijkbaar moesten ze met zijn allen de platgetreden weggetjes betreden waar hun vrienden, ouders, buren en collega's al honderd keer overheen waren gestampt.

Het deed denken aan olifantenpaadjes. Op een dag had een doodgewone fietser geen zin meer het reguliere pad te volgen en stak hij een stukje af door over het gras te rijden. Een ander volgde de sporen, dacht: Hé, wat handig, en reed er opnieuw overheen. Daarna kwamen er meer, honderden zelfs, allemaal types die zichzelf een reuze slimme jongen vonden, een anarchist in de wijk, iemand die buiten het gebaande pad durfde te denken. Maar het olifantenweggetje was zelf het gebaande pad geworden. Als kuddes logge, dikke dieren volgden de mensen elkaar. In de wegen die ze namen, de gedachtes die ze hadden. Als je niet oppaste, was je leven een aaneenschakeling van platitudes. Eén groot platgestampt olifantenpad. Maar als je niet volgde, stond je buiten de roedel.

Toen Joris aan Petunia dacht legde hij zijn handen vermoeid in zijn schoot zonder aan de vlekkende vleessmurrie te denken. Het was verkeerd gelopen.

Vorige week was hij nog zo vrolijk op hem afgestapt. Hij had een flesje wijn meegenomen, het was immers het einde van de week en waarom zouden zwervers geen recht hebben op een vrijmibo? Ze waren in het gras gaan zitten, midden op de rotonde, en hadden geproost.

'Op het leven,' zei Joris.

'Op de dood,' riep Petunia.

Joris keek hem aarzelend aan. Petunia begon hevig met zijn kop te knikken als een wipkip in de wind. 'Jajajajaja, op de dood. Want zonder dood heb je geen leven.'

Joris nam een slok wijn, wetende dat Petunia nog wel even zou oreren. Intussen probeerde hij te snappen wat hij precies bedoelde.

'De enige reden waarom we het allemaal volhouden, is omdat we weten dat het eindig is,' lispelde Petunia. 'We dansen, ingeklemd door meneer Doodsangst en mevrouw Levensmoe. Het feit dat we niet dood willen, dwingt ons onszelf te behouden. Maar doordat we doodgaan, weten we dat onze batterij niet eeuwig meegaat. Ooit gaan we eraan. We weten dat ons vel van onze botten zal smelten als vet van een reusachtige katholieke kaars, we zullen verkruimelen, verpulveren, één worden met de aarde, en alleen daardoor voelen we de noodzaak om dit leven de moeite waard te laten zijn.'

Joris zuchtte. 'Nu ga jij me vertellen dat jouw leven enorm de moeite waard is zeker. En het mijne niet.'

Petunia sprong op. 'Ik vertel jou helemaal niets. Ik proost alleen. Jij proost op jouw leven, ik proost op jouw dood. Proost! Dood! Proost! Dood! Proost! Dood!'

'Petunia, wat doe je?'

Op het kleine grastapijt dat de middenstip van de rotonde vormde, begon Petunia te marcheren. Hij salueerde, trok zijn knieën hoog op en stampte als een soldaat over het groen. 'Doe mee,' riep hij.

Joris grinnikte.

'Joris, leef je nou of niet? Blijf je aan de kant zitten? Of doe je mee? Doe mee, Joris. Proost! Dood! Proost! Dood! Proost! Dood!'

Voor Joris het wist was hij opgesprongen en achter Petunia aan gemarcheerd. De wijn veroorzaakte bubbeltjes in zijn hoofd, het geluid van Petunia's lach mengde zich met zijn eigen gehinnik. Steeds harder schreeuwden ze, almaar uitzinniger werd hun mars. Opeens knoopte Petunia zijn gevlekte ruitjeshemd los. Doorstampend en beukend in zijn dodenritme trok hij het textiel van zijn lijf en zwaaide ermee boven zijn hoofd. Joris gooide zijn kop in zijn nek, greep zijn bloesje bij de hals, reet het open en begon er ook mee te wapperen, als een witte vlag in oorlogstijd. Proost! Dood! Proost! Dood! Proost! Dood!

Waarom had hij niet in de gaten gehad dat Petunia aan zijn riem stond te sjorren? Joris stampte joelend door het groen, nam flinke teugen wijn en schreeuwde zijn bevrijdingstekst, tot hij plotseling ontdekte dat Petunia zijn broek naar beneden had getrokken, net als zijn onderbroek, en als een wilde met zijn billen stond te schudden. Zijn pik stuiterde provocerend op en neer. Joris keek om zich heen. Daar waren ze:

de omstanders. Joosje van de snackbar. Jan, de fietsenmaker. Diederik, de eigenaar van de boekhandel en fervent Bach-liefhebber. Ze stonden op de stoep en staarden hem aan. Hij staarde terug. Met zijn ontblote bovenlijf, zijn bibberbuik, zijn hard geworden tepels. Plotseling zag hij zichzelf zoals zij hem zagen. Een corpulente veertiger, halfnaakt hossend met een dakloze.

'Petunia,' riep hij. 'Doe onmiddellijk je broek omhoog. Petunia. Petunia!'

Petunia had hem uitdagend aangekeken en was blijven schudden. Zijn piemel danste de 'Marseillaise'.

Joris keek naar zijn vriend, de man met het plantje op zijn hoofd. Hij keek naar het groepje verzamelde buurtgenoten op de stoep. Hij keek naar zijn uitpuilende navel. Toen schreeuwde hij: 'Klootzak!' en rende weg. Achteraf wist hij niet eens wie hij nou een klootzak had genoemd.

'Weet je wat het is?' De stem van Jonneke tetterde door zijn keuken. Ze boog zich naar hem toe. Haar pingpongborstjes stuiterden voor zijn neus. 'Het leven is een feest, je moet alleen wel zelf de slingers ophangen.'

Vijf klokken, Lidia had het zo'n geinig gezicht gevonden in de inspiratiefolder van het woonwarenhuis. Joris' ogen bewogen langzaam naar de klok waar New York onder geschreven was, gleden verder naar het uurwerk met Singapore, zwierven naar Parijs, om te eindigen bij Moskou. Amsterdam negeerde hij, hij wist precies hoe laat het was.

'Het valt niet altijd mee, dat weet ik.' Jonneke keek wijs. 'Maar het zijn luxeproblemen die je hebt. Kom op, je realiseert je niet wat een geluk je hebt dat je hier geboren bent. We zijn hier zo rijk. Het regent alleen wat vaak. Maar je weet, na regen komt...'

Het gehakt spetterde tegen de muren toen Joris zijn armen plotseling in een wijd en woedend gebaar omhoogsmeet en riep: 'Hou godverdomme op met die platitudes. Na regen komt vaak nog meer regen. Hagelstenen zo groot als ping-pongballen. Jezus Jonneke, heb jij nou nooit eens een onge-lofelijke kutdag?'

Jonneke glimlachte. Haar eeuwige, vriendelijke, beleefde, alles onder controle-glimlach. Ze gaf geen antwoord.

'Nou? Jonneke? Nou?'

Langzaam zette Jonneke de grote schaal op het aanrecht. Ze keek hem aan, iets langer dan sociaal wenselijk was. Toen begon ze te praten.

'Wat wil je van me horen? Dat ik zo vaak een kutdag heb? Zo'n dag dat ik het liefst iedere achteloze voorbijganger een doodschop wil geven? Zo'n dag waarop ik de postbode voor zijn smoel wil slaan, puur omdat ie ademt? Zo'n dag dat ik de hond aan gruzelementen wil schoppen juist vanwege die schattige labradorkop van hem? Zo'n dag dat ik me realiseer: mijn kerel is bij me weggelopen, mijn vriendinnen luisteren niet naar me, mijn kinderen zijn onhandelbaar en nu moet ik godverdomme ook nog muffins met ze bakken. Zo'n dag?'

Haar stem piepte hoog, haar gezicht grimaste alsof het niet kon beslissen of het hysterisch moest lachen of brullend moest huilen. Ze vroeg het een laatste keer, extra hard: 'Zo'n dag?'

'Zoiets ja,' mompelde Joris geschrokken.

Met een zwaai draaide Jonneke zich om, haar rok dwarrelde om haar magere bovenbenen. Ze greep de schaal en beende richting de deur. Toen keek ze hem aan over haar schouder. De grimas was weg.

'Nee.'

Haar stem zangerig als altijd.

'Die heb ik nooit.'

34

Lidia had zich enorm uitgeleefd. Het aanrecht lag vol bossen koriander, bakjes humus, uien en auberginedip. 'Een beetje exotisch, weer eens iets anders dan die eeuwige leverworst.'

De bank had ze opzijgeschoven om ruimte te maken voor een berg ligkussens. Ze had gekleurd plastic over de ingebouwde ledlampjes in het plafond geplakt, waardoor het licht nu eens groen, dan weer rood, dan weer paarsig van boven scheen. Het kon bijna tippen aan de gekleurde lampjes in de tuin van Jonneke, dacht Joris tevreden. Hij zat op zijn hurken en morrelde aan de versterker. Het stekkertje zat los, waardoor zijn zorgvuldig uitgezochte muziek klonk alsof die onder water werd afgespeeld.

Lidia drentelde zenuwachtig met schalen van de keuken naar de eettafel en weer terug. Ze knielde naast hem om te vragen of het lukte. Met haar heup stootte ze hem bijna omver. Hij greep haar vast en zoende haar op de mond.

'Zo, wat een lucht,' zei hij lachend.

'Ik heb alvast een hapje geproefd. Er hoort veel knoflook in.'

Ze had extra oogpotlood gebruikt, het kroop ondeugend in de kleine rimpeltjes naast haar ogen. Zwarte kraaienpootjes. Hij maakte zijn duim nat en veegde de strepen weg. Geïrriteerd bewoog ze haar hoofd naar achteren. 'Niet doen.' Hoe vaak had zij zelf niet haar vinger natgemaakt en snottebellen, broodkruimels of aangekoekte yoghurt van het gezicht van haar kinderen geveegd? Een ontroerend gebaar. Lidia, de aangepaste Lidia, die instinctmatig haar kroost verzorgde met haar eigen speeksel. De kinderen maakten het dierlijke in haar los. Intiemer kon niet.

Zo intiem mocht Joris blijkbaar niet bij haar zijn. Hij draaide zich weer naar de stereo. Met een flinke duw frotte hij de stekker in het contact, waardoor plotseling en veel te hard Café del Mar door de kamer schalde.

Daniel zuchtte ostentatief. 'Jezus pa, weer die muziek?' De laatste weken had hun zoon een baardje laten staan, de stoppels bedekten keurig evenwijdig aan elkaar zijn gezicht. Niet zoals bij Joris, die nooit een echte baard had gehad. Zijn baard verscheen in vlassige plukjes op zijn kin. Juist op de plekken waar zijn blossen te zien waren groeide niets, alsof zelfs de haren zich te veel schaamden om tevoorschijn te piepen.

In een hoekje van de kamer stonden Evelien en Ramon te smoezen.

'Doe even gezellig.'

'Ik voel me niet gezellig.'

Ramon schonk een glas wijn voor haar in. 'Hier. Normaal doen. Wat heb je eigenlijk met Ada afgesproken?'

'Niets. Jij wilde er toch niks meer van weten?'

Ramon droop af en kwam bij Joris tegen de muur geleund staan. 'Wijven.'

Joris keek hem aan. 'Alles flex?'

Ramon zuchtte. 'Ach, dat gedoe met die pedojaagster.'

'Die met die lappen?'

'Yep. O nee, ik mag geen pedojaagster zeggen. Het is pedospecialist.'

'Jezus Ramon, Rob komt zo, ik wil geen gezeik.'

'Ze gaat geen gekke dingen doen. Daar zorg ik voor.'

Vluchtig vertelde Ramon over de bijeenkomst bij hen thuis. Joris had er al iets over gehoord van Lidia, maar die was heel vaag gebleven. 'Het was een overleg met gelijkgestemden,' had ze gezegd. 'Het ging om de buurtveiligheid, niet specifiek over Rob. Er is afgesproken dat we met elkaar moeten zorgen voor een goede leefomgeving voor onze kinderen.'

Een 'goede leefomgeving', het klonk als een begrip uit een overheidsbrochure. Vrijwel meteen daarna was Lidia over de vakantie begonnen ('Misschien is Marokko iets voor ons?').

Ramon bracht de vergadering nu pas weer in zijn herinnering. Joris sloeg in een paar slokken zijn biertje achterover. 'Ik ben dat geroddel zat.'

'Ik ook,' zei Ramon. Daarom had hij met zijn vrouw afgesproken dat ze Rob voorlopig met rust ging laten. De hele pedomaterie, ze zouden het er een tijdje niet over hebben.

'Van mij mag ze best doorgaan met zogenaamde bewijzen zoeken. Ik wil er alleen geen last van hebben.'

'Dan kunnen ze lang zoeken,' zei Joris.

Hij had laatst een reportage in *Vrij Nederland* gelezen over pedojagers. Ietwat scharrige figuren die in tl-verlichte kantoortjes dachten het kwaad te bestrijden. Het waren opvallend vaak juist de outcasts van de samenleving. De mensen met de marginale baantjes, de schoonmaaksters of trambestuurders die zich een keer belangrijk waanden. Moderne ridders waren ze, met het gelijk eeuwig aan hun zijde. Geen normaal mens zou immers zeggen dat het acceptabel was als volwassenen zich aan kinderen vergrepen.

Dat vond Joris natuurlijk ook niet. Maar hij had Rob meegemaakt tijdens het uitgaan. Die kwam niets tekort.

'Joehoe! Kijk eens wat ik op het tuinpad vond?' Met haar stakerige armen om de nek van Rob waaide Jonneke de kamer binnen. 'Ik kwam net aan,' mompelde Rob. Hij leek verwilderd, alsof hij was achternagezeten door een horde lekkere wijven, lachte Joris inwendig. Hij liep met een weids gebaar op Rob af. Die deinsde een stukje achteruit. Oké, dit was een beetje overdreven, maar hij moest ervoor zorgen dat Rob zich welkom zou voelen.

Blijkbaar had Lidia hetzelfde idee, want ze kwam razend-snel aangedribbeld. 'Rob, kom er gezellig bij. Beetje sushi misschien? Gevulde dadel? Zelf gevuld. Dat was een werk hoor: eerst die dadels openmaken, dan de pit eruit, daarna de mon chou erin, ik dacht: Als God wilde dat we dit vaker zou-den eten, had ie ze gevuld gemaakt. Je begrijpt wat ik bedoel, ik...'

'Schat, laat Rob rustig z'n biertje opdrinken.'

Ze knikte snel. 'Ja ja, natuurlijk.'

Rob nam een slok. Toen boog hij zich naar Joris. 'Zeg, Sterre stond net in de tuin en misschien moet je zo even...'

De schouderklop van Ramon zorgde ervoor dat Rob zijn zin niet kon afmaken. Joris maakte een wegwerpgebaar. 'Joh, met meisjes van die leeftijd is altijd wat. Maak je niet druk, ze komt zo wel.'

Ramon hief zijn biertje. 'Laten we drinken op de mannen. Proost.' De flesjes tikten gebroederlijk tegen elkaar.

TRUE FRIENDSHIP COMES WHEN SILENCE BE-TWEEN TWO PEOPLE IS COMFORTABLE. Vorig jaar op Vaderdag had Lidia aan Joris een kaart gegeven met deze woorden erop. *Omdat we zo heerlijk kunnen zwijgen*, had ze erbij geschreven. Prachttekst. Als je in elkaars nabijheid durfde te stoppen met praten, had je pas een echt goede relatie. Samen alleen zijn was de hoogste vorm van intimiteit.

En dus zaten ze geregeld zonder iets te zeggen op de bank.

Ze waren zelfs zo'n stel naar wie mensen in een restaurant altijd met enig medelijden naar keken. Ze konden in totale zwijgzaamheid eten. Zij een visje, hij een steak, rustig de tent rondkijken. Geen van beiden vond dat vervelend. Er was in de afgelopen twintig jaar zoveel gezegd dat ze nu ontspannen hun waffel mochten houden.

Met zijn nieuwe buurman was Joris echter nog lang niet op dat niveau. Sterker, hij kreeg het knap benauwd van de stilte die viel toen hij, Rob en Ramon aan hun biertje lurkten.

Rob blijkbaar ook, want hij richtte zich tot Ramon. 'Hoe is het met Leo?' vroeg hij met een zuchtje.

Ramon pakte de bal meteen op. 'Top. Hé Evelien, zelfs jij zei laatst dat je aan hem gehecht raakte, hè.'

Evelien nam een teug lucht, maar kwam met weinig meer tekst dan een gemompeld: 'Het is best een mooi beest.'

Joris knikte. 'Hij moet alleen wat beter op z'n stokje blijven zitten.'

'Duiven zitten niet op een stokje.'

'Nee,' viel Evelien bij. 'Het is geen kip.'

Lidia greep het duivenonderwerp met bovenmatig enthousiasme aan om zich in het gesprek te mengen. 'Gek eigenlijk dat kippen op een stok zitten. Ik heb me altijd afgevraagd hoe dat kan.'

'Hoezo? Vogels zitten ook op een tak.'

'Toch niet de hele nacht?'

'Volgens mij wel. Daar slapen ze.'

Dit gesprek verliep prima, vond Joris. Nu Rob er even in betrekken.

'Wat denk jij, Rob?'

Rob keek wazig om zich heen en haalde zijn schouders op.

Voor er een nieuwe stilte kon vallen, riep Ramon: 'Hoe dan ook: ik wil nu een vrouwtje voor hem zoeken.' En daar ging het mis.

Jonneke was langs hun groepje gedanst en ving de laatste zin op. Ze had een riem om haar middeltje geknoopt met muntjes eraan. Handig, net zoals een irritante buurtkat die een halsband met een belletje om heeft om vogels te alarmeren voor hij kan toeslaan. Zij waren echter te laat op de vlucht geslagen.

'Een vrouwtje? Voor wie? Voor Rob? Dat lijkt me een uitstekend idee.'

Lidia stond driftig te knikken, alsof ze het duivenverhaal helemaal vergeten was. 'En kinderen natuurlijk. Liefst drie hè, Jon? Ja, drie is het nieuwe twee.'

Daar was ze weer. De stilte. Zou het vanavond lukken één gesprek te voeren zonder pijnlijke opmerkingen?

Jonneke herpakte zich. 'Of geen kinderen natuurlijk. Kinderen, dat hoeft helemaal niet. Gewoon lekker met z'n tweetjes, fijn met een leuke vrouw.'

Lidia pakte de hint op. 'Nee, kinderen zijn natuurlijk helemaal geen must. Kipspiesje?' Ze zwaaide met het stokje voor het gezicht van Rob, die zijn hoofd licht geschrokken als een haan naar achteren bewoog.

'Waar blijft Sterre nou toch?' mompelde Lidia.

'Die laat zich zeker door die Tim bepotelen in een donker hoekje.' De lach van Ramon. Die vette lach. Vaak onverdraaglijk, nu al te welkom. Hij werkte als smeerolie bij onhandige gesprekjes.

'Wat heb je eigenlijk met zigeuners?' Kijk eens aan, zijn vrouw richtte zich zowaar soepeltjes tot Rob.

'Dat weet ik niet precies. Ik heb vooral de Roma gefotografeerd. Ze boeien me omdat ze zo'n hechte gemeenschap vormen.'

'Ik dacht altijd dat het zulke boeven waren.'

'Die zitten er ongetwijfeld tussen. Het is een nomadenvolk. Ze doen alles om aan eten te komen. Maar ze zijn heel hecht, dat vind ik mooi. Solidair ook. Word je in hun midden opgenomen, dan ben je een van hen.'

'Net als bij ons.' Dat was een fijn inkoppertje voor Joris. Hij keek tevreden naar Lidia, maar die stond nerveus op haar horloge te kijken. 'Nog steeds geen Sterre. Ik vind het zo vreemd. Er zal toch niets gebeurd zijn?'

'Daniel, zet jij eens een leuk muziekje op. Gezellig. Iemand nog bier?' Zijn stem was te opgewekt. Hij voelde de rozen op zijn wangen schieten. En dat terwijl het de laatste maanden juist zoveel beter met hem ging op feestjes. Als zijn oksels maar een beetje begonnen te broeien en het moment naderde waarop hij zichzelf van bovenaf al gesticulerend in de kamer zag staan, probeerde hij zich voor te stellen dat hij Rob was. Meteen viel het ongemak van hem af. Hij voelde zich minder genoodzaakt de stemming erin te houden. Enkel zijn aanwezigheid was voldoende.

De truc werkte nu echter niet. Zijn buurman bewoog hoekig. Hij dronk sneller dan normaal en keek een aantal keer onzeker zijn richting op. Het kwam natuurlijk doordat zij allemaal zo raar deden. Wat zonde hoe roddel een einde kon maken aan iets wat mooi begonnen was. Dat terwijl hij Rob vanavond echt nodig had.

Zijn ontslag. Lidia had geen idee. Hij had het Rob ook nog niet verteld en moest hem vragen wat hij daarvan dacht. Hij zou ongetwijfeld die ene luchtige opmerking maken waar Joris naar snakte. 'Lekker toch. Alles ligt open. Weet je wat jij moet doen? Eigen baas worden. Zo heb je met niemand iets te maken. Je hebt veel creatief talent, gevoel voor compositie. Je kunt overal ter wereld werken. Ik help je, geen enkel probleem. Echt, jij kunt een topfotograaf worden.'

Rob zou hem precies dat zetje geven dat hij nodig had. Een opkontje. Een beetje technische hulp misschien, maar vooral mentale. Rob had hem laten zien wat voor talenten hij had, wat hij jarenlang had laten verstoffen, wat verstikt was geraakt in een lucht van Glorix en snoetenpoetsers. Maar hij was jong. Hij kon nog alle kanten op. In zijn borst gloeide het. Hij moest met Rob praten. Joris liep naar de keuken, greep twee biertjes en liep op hem af.

Op dat moment sloeg de glazen keukendeur met een knal open. Daar stond Sterre. Haar meisjesmond toegeknepen, één hand in de knuist geperst van een jongen met Giel Beelen-haar.

'Schat, daar ben je,' riep Joris uitgelaten. Hij wilde haar omarmen, maar de puber naast haar schoot naar voren. 'Yo. Tim.' Blijkbaar deden achttienjarigen niet aan werkwoorden.

'Yo. Joris,' zei hij terug. Hij gaf een boks tegen de uitgestoken hand, iets waar het jong geschrokken van achteruitdeinsde. Sterre bestudeerde de punten van haar glitterlaarsjes. De kinderen stonden zo dicht tegen elkaar dat ze vastgelijmd leken.

Joris knikte goedmoedig. Je moest als vader weten wanneer je plaats was ingenomen. Het was het natuurlijke verloop der dingen. The circle of life. Ach, wat hadden ze dat liedje uit *The Lion King* vaak gezongen samen, beiden met vochtige ogen omdat Mufasa, Simba's vader, gestorven was en het welpje diens plek innam. Wat leek het kortgeleden, die eindeloze televisiemiddagen. Niet aan denken nu. Sterre had inmiddels weliswaar borstjes, dat had hij heus wel gezien, en ze stond hier te schutteren met een vriendje met wie ze god weet wat uitvrat, maar Joris was degene die boterhammen pindakaas met jam voor haar smeerde.

Sterre vulde voor zowel Tim als zichzelf een bakje chips. Midden in de kamer bleven ze lijzig staan. Het leidde Joris af, die kinderen die hem en zijn buren maar stonden aan te gapen. Hij werd zich overbewust van zichzelf. Die iets te vlotte pa. Hij had er als kind een hekel aan gehad als hij zijn vader aritmisch zag dansen op Boudewijn de Groot. De schaamte. Hij weigerde om nu net zo'n lul te zijn. 'Het fris is op, haal samen maar een kratje van beneden,' mompelde hij tegen hen.

Een kwartier later waren ze nog niet terug. 'Vind je het gek?' vroeg Lidia. 'Wat zou jij doen als je vader je de kelder in stuurde met je vriendje?' Ze lachte hoog.

Joris keek haar aan. 'O god, denk je echt?'

Ramon grinnikte. 'Natuurlijk, man. Als vogeltjes in een nestje, roekoe roekoe.' Hij bewoog zijn heupen ritmisch op en neer.

Sjips. Joris sloop naar het luik in de gang en opende het. Het duurde even voor hij aan het duister gewend was, maar algauw was het beeld overduidelijk. Zijn dochter die een potje tonghockey stond te spelen. De knaap die ze stevig vasthield had zijn ogen gesloten. Zij echter loerde zijn richting op. Ze keek niet weg, hij meende zelfs dat er iets brutaals in haar blik lag terwijl hun tongen ronddraaiden en zich leken te mengen als vlees in een gehaktmachine.

De handen van het Giel Beelen-jong lagen inmiddels op de billetjes van zijn dochter. De hare wurmden zich in de spijkerbroek van Tim, kneedden het witte vlees. Een bilspleet gaf zich prijs naarmate de spijkerstof meer naar beneden werd getrokken. Lidia was naast Joris komen staan met twee grote kannen sangria in haar handen en sloeg geïnteresseerd haar tongende dochter gade, als was ze David Attenborough die midden in de rimboe een nieuwe amoebe bestudeerde.

Glimlachte ze nou?

'Sterre! Kappen nou!' Hij kon zich niet herinneren wanneer hij voor het laatst had geschreeuwd. Lidia was degene in huis die af en toe krijste tegen de kinderen als ze echt niet wilden luisteren. Maar zoals Lidia iets tegen schelden had, zo vond Joris het onbeschaafd zijn stem te verheffen.

Hij denderde de trap af. 'Wat is dit voor pornografisch gedoe?'

Sterre knipperde met haar ogen. 'Maar pap, je vond het toch niet erg, van mij en Tim?'

Joris wist dat hij onredelijk was. Hij wist dat hij het oudere vriendje van zijn dochter verdedigd had. Hij wist dat ze dat pukkeljong natuurlijk niet alleen had om mee te mens-er-ger-je-nieten. Maar dat gedoe over die kinderen en seks, het gewrijf van lichaamsdelen... Hij wilde er niets meer mee te maken hebben. Kon het alsjeblieft één avond, één vrolijke avond, niet over porno gaan?

Hij haalde diep adem en zei toen zo rustig mogelijk: 'Nee, het is niet erg. Maar ik hoef het niet te zien. Jullie pakken gewoon een bakje Nibbits, schenken een glaasje Fanta in en gaan dan heel braaf een spelletje doen op de Wii. Klaar.'

Vie-ze-rik-vie-ze-rik-vie-ze-rik. Het duurde een paar tellen voordat Joris begreep dat het monotone geluid uit zijn tuin kwam. Het klonk als een drumband, een ritme van tientallen trommels die tegelijk beukten. Vie-ze-rik-vie-ze-rik-vie-ze-rik. Hij keek vragend naar Lidia. Zij staarde naar de voordeur. De drumband dreunde door.

Toen klonken er plotseling stemmen als trompetten. Hoge, schelle zinnetjes. 'Zijn ballen! Zijn ballen! Zijn ballen moeten eraf!' Een hobo beantwoordde de lokroep. 'Hang hem aan zijn kloten, hang hem aan zijn zak. Net als Mussolini.'

Joris opende zijn mond. Wat was dit? Wie waren die mensen? Violen schreeuwden dat ze een hark mee hadden genomen om te kunnen beuken. Een trombone toeterde iets over een verkrachter. Gemene schelle fluitjes piepten: 'Grijp hem!'

Paniekerig keek Joris om zich heen. Dit had niets met zijn jongste dochter en haar hormonenbal op pootjes te maken. Dit was veel foutere boel.

Lidia schreeuwde tegen hem, maar het leek of haar geluid te zacht stond afgesteld. Het halletje werd steeds voller. Daniel maakte armgebaren, Sterre en Tim waren de keldertrap op gestommeld en stonden bleekneuzig naast de kapstok, Rob ontweek zijn blik en Evelien gaf rustige tikjes tegen het sleutelrekje.

Evelien. De personificatie van paniek sloot kalm haar ogen. 'Rob. Rob. Rob.' Evelien liet zich zichtbaar meevoeren door de muziek.

Op dat moment wist Joris dat het voorbij was. De muzikanten waren uit hun holen gekropen, het orkest van beschuldiging had eindeloos geoefend en gerepeteerd en eindelijk had Evelien het in stelling gebracht. Pal voor zijn huis. En hoeveel tegenwerpingen hij ook zou geven, hoeveel antibewijs er ook zou zijn, hoe vaak hij ook zou vertellen dat roddels geen vervanging zijn van de waarheid, de smet zat op zijn buurman, zijn vriend, zijn soulmate, zijn redder. Die kreeg je nooit meer weg.

'Evelien?' vroeg Joris rustig, onmiddellijk overstemd door de schreeuw van zijn vrouw.

'Wat is dit? Wie zijn dit?' riep Lidia. 'Evelien?'

Vie-ze-rik-vie-ze-rik-vie-ze-rik.

Het dreunde door de straat, het zoemde over de heggen, het deed de buxusblaadjes trillen. Vuur verlichtte zijn tuinpad, voeten stampten op zijn grind.

Evelien rechtte haar schouders. 'Er is niets, Lidia. Weet alleen dat alles nu samenvalt. Het komt goed.' Joris opende de buitendeur enkele centimeters. Er stond minstens twintig man, misschien dertig. Fakkels. Harken. Scheppen. Foto's van kindergezichtjes op doeken geprint. Babywangetjes, klaar om te kussen. Een peuter in een bakfiets. Twee naakte meisjes die elkaar natspoten met een tuinslang. Daaronder de tekst *Stop Rob*.

Hier hield alles op, wist Joris.

Ramon stond te maaien met zijn armen. 'Wat heb je gedaan, Evelien? Dit gaat te ver. Je weet het niet zeker. Je bent alleen maar bang. Je bent altijd alleen maar bang. Je weet het niet zeker.'

'O nee?'

Een fors gewicht duwde de deur die nog altijd op een kiertje stond open. Er verscheen een grote gestalte in een knalturquoise tuniek. De buitenlamp creëerde een stralenkrans rond het hoofd erboven.

'Dag Rob. Jij kent mij niet. Maar ik ken jou heel goed.' Ada's stem klonk laag en rustig, warm bijna. Rob stond tegen het wit gestucte gangmuurtje als een schooljongetje dat straf verdient.

'Ik heb geen idee waar je het over hebt,' mompelde hij.

Joris bekeek hem. Zijn armen, die imponerend sterke armen, die nu bungelden langs zijn lijf alsof ze er geen deel meer van uitmaakten. Rob klemde ritmisch zijn kiezen op elkaar en liet vervolgens los, waardoor zijn wang uitstulpte en weer inzakte.

'Wat moet je?' baste Joris. Ada glimlachte. 'Joor. Fijn je te zien.'

Joor. Alleen Lidia noemde hem zo. Enigszins van zijn stuk gebracht stamelde hij het opnieuw. Wat moest ze?

Ada legde haar hand op zijn arm. 'Er zijn zoveel verhalen. De hele buurt praat erover. Er komt steeds meer naar boven.' Uiterst rustig somde ze alles op. Het liefst wilde Joris zijn vingers in zijn oren stoppen en keihard 'Lalalalala' zingen, maar

224

Ada praatte door. Iemand had gehoord dat Rob was veroordeeld voor de verkrachting van een tweejarig kindje. Een ander zei dat hij vroeger seksfeestjes organiseerde. Hij ging naar het zwembad, waar ie een kleuterklas had opgewacht en een paar meisjes had aangerand. Hij scheen duizenden kinderfoto's en -filmpjes te hebben, die hij doorverkocht op internet.

'Jezus.' Ramon had zijn hand voor zijn mond geslagen en bewoog hem langzaam naar beneden, alsof hij zijn gezicht wilde losscheuren van zijn schedel. 'Godallemachtig.'

Joris keek seinend naar Rob. Wat sta je daar nou? Zeg alsjeblieft iets. Hij had hem het liefst bij zijn schouders gepakt. Vertel dat het onzin is. Het is niet waar. Toch? Zeg dat dan. Wie van zoiets wordt beschuldigd, verdedigt zich.

'Er is geen enkel bewijs, Evelien.' Joris kreeg het er met moeite uit geperst. Hij moest de ratio terugbrengen in deze benauwde ruimte, iemand diende zijn verstand te gebruiken. Hij had zijn ogen gesloten en wilde net aan een monoloog beginnen over de Nederlandse rechtstaat, waarin je nooit mag worden aangemerkt als dader als de rechter zich daar niet over heeft uitgesproken, toen het geloei van Sterre alles overstemde.

De noodkreet van je kind herken je meteen. Als ze vroeger naar Zandvoort gingen, was Lidia altijd doodsbang dat ze Sterre of Daniel kwijt zouden raken. Joris niet. Zodra een van zijn welpen een kreet liet horen, zou hij opveren en zijn kind zo uit de zee aan kinderhoofdjes op het strand weten te plukken. Vanaf het moment dat zijn dochter en zoon hun eerste huiltjes huilden, had het geluid zich in Joris' systeem geëtst.

Lidia had op een gegeven moment aan hem voorgesteld om een familiegeluidje te introduceren. Een kort fluitje dat ze allemaal zouden herkennen en waardoor ze elkaar altijd en overal konden vinden, of dat nu tijdens een K3-concert was of in de Efteling. Joris floot vrolijk mee, maar hij had het altijd onnodig gevonden. Huilen was genoeg.

Hij opende zijn ogen. Daar stond zijn kind, hikkend van het janken. 'Volgens mij is het waar,' piepte ze.

Lidia vloog op Sterre af. Haar vragen stuiterden door de hal. Waarom zei Sterre dat? Was er iets gebeurd? Had Rob iets gedaan? Waarom huilde ze zo? Kon ze alsjeblieft ophouden met huilen? Was er iets gebeurd? Hou op met huilen, alsjeblieft? Was er iets gebeurd?

'Hij heeft me gezoend,' zei Sterre kleintjes.

Joris bleef naar Rob kijken. Kijk terug, man. Laat me zien dat het een misverstand is. Waarom zeg je niets? Wat hang je daar bleekjes tegen de deurpost. Jij bent de man van de daadkracht. Jij bent de kerel van het gemak. Je wangen hebben de tint van ontstoken tandvlees. Is het woede die je huid kleurt? Of schaamte? Schaamte voor wat je gedaan hebt. Ik heb je altijd verdedigd, maar nu staat mijn kind voor mijn neus en zegt dit. Mijn kind. Dat niet liegt. Nooit.

Joris opende zijn mond maar het bleef stil. Dit was zijn vriend, hij moest iets doen. Maar het beeld klopte niet meer. Hier stond geen man die het leven de baas was, hier stond een slachtoffer. En iemand die van nature zo sterk is, zo overtuigd van zichzelf, laat zich niet zomaar slachtofferen. Dat doet hij alleen als hij een dader is.

Joris had altijd veel mensenkennis gehad. Hij kon in een paar seconden zien welk motief achter het gedrag van anderen zat. Was zijn schoonmoeder hem aan het jennen, dan begreep Joris dat ze bang was dat hij niet goed voor haar dochter zou zorgen. Als Leeghwater bulderend tekeerging tijdens een teamoverleg, snapte Joris dat hij dat deed omdat hij zich onzeker voelde. Schoot Evelien uit haar panty omdat Ramon de tuinslang niet had opgeborgen en de kinderen zich hadden kunnen verwurgen, dan wist Joris dat ze niet boos was maar nerveus. Nu hij erover nadacht, zag hij in dat de meeste rare trekjes van mensen voortkwamen uit angst. Alles is liefde, zong een Nederlandse zanger die veel op Sky Radio werd gedraaid. Onzin. Alles is angst.

Joris wist dat, hij zag het en hij doorzag het. Maar juist dat had hem misleid. Hij had alleen angst gezien bij Evelien, bij de hele antipedogroep, en daardoor was hij uit het oog verloren waarom ze daadwerkelijk bang waren. Angst dreef de mens tot vechten of vluchten. De meesten hadden dat niet in de gaten. Joris wel. Hij kon ze allemaal indelen. Evelien: vechter. Jonneke: vluchter. Ramon: vluchter. Lidia: vluchter.

Hijzelf: vechter. Hij vluchtte niet weg, ook nu niet. Maar wist hij honderd procent zeker dat hij het al die tijd goed had ingeschat bij Rob? Of was hij de blindste geweest van allemaal?

Vie-ze-rik-vie-ze-rik-vie-ze-rik.

Lidia was naar de voordeur getrippeld en probeerde op de menigte in te praten. 'Jongens, ik begrijp dat jullie boos zijn, maar we lossen dit op. In alle redelijkheid, goed? Willen jullie anders misschien een colaatje?'

Vie-ze-rik-vie-ze-rik-vie-ze-rik.

Lidia vloog terug de hal in. 'Joris, dit gaat mis.'

De angst. Soms las je in boekjes dat je hem kon ruiken. Dat was niet waar. Je rook zweet of rotte adem, maar die luchten verspreidden zich net zo goed tijdens een buurtborrel of seks. Dat was niet direct angst. Hoewel, als hij zijn eigen theorie volgde was dat het misschien wel en stonken ze hun godganse leven naar angst, hoe opgewekt, opgewonden of geciviliseerd ze zich ook gedroegen.

Maar nu róók Joris geen angst, hij hoorde hem.

Vie-ze-rik-vie-ze-rik-vie-ze-rik.

En hij zag angst. In Lidia's dribbelbeentjes, in Ramons kwade armgezwaai richting Evelien – 'Je brengt ons allemaal in gevaar, die mensen buiten zijn gek' –, in Robs continu bewegende tronie. In Ada die vlak voor Rob was gaan staan. In Rob, die Ada niet aan durfde te kijken.

Ramon gaf Ada een por. 'Hou hier eens mee op. Dit is debiel en het loopt helemaal uit de klauwen. Wat heb je voor bewijs? Een filmpje? Een paar zogenaamde getuigen? Is dat het? Als je zo zeker bent, schakel je de politie in. Je hebt niets, nakkes.'

Langzaam draaide Ada zich om. 'Noem je dit niets?'

De stilte. De blikken. Voor het eerst keek Rob op. Zijn gezicht bleef uitdrukkingsloos toen Ada triomfantelijk met een papier zwaaide.

'Bij vonnis van de rechtbank Breda van 29 september is verdachte veroordeeld...'

Ada's vlakke stem bromde boven het beukende geroep bij de voordeur uit. Het leek of ze het afgesproken hadden, dit muziekstuk, deze cadans, dit ritme. De pedosymfonie.

'... tot een voorwaardelijke gevangenisstraf van negen maanden omdat de rechtbank bewezen acht...'

Vie-ze-rik-vie-ze-rik-vie-ze-rik.

'... dat verdachte meermalen en op diverse wijzen seksueel is binnengedrongen in het lichaam van...'

'Godverdomme!' Het was Lidia die nu eindelijk eens vergat 'sjips' te zeggen.

'... een minderjarige...'

Zijn vrouw snikte.

'... en voor het bezit...'

Vie-ze-rik-vie-ze-rik-vie-ze-rik.

'... van gegevensdragers...'

Het geluid zwol aan. Op de stoep, in de kamer, in zijn binnenste. Het bonkte, beukte, baande zich een weg naar buiten.

Vie-ze-rik-vie-ze-rik-vie-ze-rik.

'... waarop ruim driehonderd erotisch getinte afbeeldingen stonden van minderjarigen.'

Ze stonden er allemaal doodstil bij, alsof de woorden hen hadden verijsd. Met name Rob hoorde totaal bewegingsloos zijn vonnis aan. Maar plotseling, op het moment dat Ada haar laatste woord uitsprak, hief hij zijn hoofd op. Hij nam een teug adem, duwde Ada omver en beukte zich als een stormram door de menigte in de tuin.

Lidia gilde, Evelien deed mee, en Ramon brulde dat Ada niet eens had gezegd van wie dit vonnis was, dat iemand onschuldig was tot het tegendeel bewezen werd, dat dit geen grappen waren.

Ramon die ergens de humor niet van inzag, dat was een unicum. Tijd om verder te denken had Joris niet, want tussen al het gejoel door klonk er glasgerinkel, viel een man voorover in zijn heg, werd de kliko omvergetrapt, probeerde Jonneke als een malloot alle omgevallen bierflesjes, oude tijdschriften, snoepwikkels en lege visstickdozen bij elkaar te vegen, en was Tim de deur uit gestierd terwijl hij riep dat die moron met zijn dirty old hands van zijn chick af moest blijven. Sterre beet op haar onderlip. Waar was Daniel, die was toch niet ook Rob achterna?

Joris stond stil, midden in dit schilderij van Jeroen Bosch. Het beeld vol viezigheid, agressie, vervormde koppen, vermengde kleuren, tranen, snot, slijk. Joris stond stil en keek naar de hemel. Op dat moment suisde een brandende fakkel door de lucht, pal over de tuinen, langs de bomen en hagen, tot hij stuiterend zijn bestemming vond.

35

De vuist kwam zo hard tegen zijn kaak dat Joris meende dat hij Robs hoofd hoorde opensplijten. In films ging op dit soort momenten de tegenstander in slow motion neer, met een gezicht dat het midden hield tussen een testosteronschreeuw en een aapachtige grijns. Maar er was geen slow motion, Rob lag binnen een seconde. Het was een geluk dat hij zacht viel. Ironie had de neiging haar intrede te doen op momenten waarop je er het minst om kon lachen. Dat Joris uitgerekend zijn vriend neermaaide in de zandbak van het buurtspeeltuintje was te stom om leuk te vinden.

Ook Rob leek er de lol niet van in te zien. Hij lag als een pissebed opgekruld in een hoekje tussen een Bob de Bouwer-graafmachine en een slordig neergekwakte loopfiets.

Joris stond ernaast en wist niet wat hij moest doen. Zijn vingerknokkels klopten. Hij had nooit geweten dat degene die de hoek uitdeelde zich ook verwondde, als een schutter die door de terugslag van zijn geweer zijn eigen schouder kon breken.

In de straat achter hen klonk nog altijd gejoel. Toen hij Rob achterna sprintte, had Joris heroïsch tegen Ramon geroepen: 'Let op de vrouwen en kinderen.' Hij wist dat zijn buurman zou gehoorzamen, hij had zelf alleen geen flauw idee wat hij moest doen.

Toen hij Rob eindelijk had ingehaald, had hij nog steeds geen benul. Zijn hand had blijkbaar zijn gedachten overgenomen.

En daarna wist hij het weer niet. Het was zo snel gegaan: de mensen, de menigte, de veroordeling, zijn huilende kind en Rob die met zijn nerveus malende kaken zoveel schuld uitstraalde, maar die nu in Joris' ogen alleen maar meelijwekkend was.

Hij knielde bij hem neer. 'Sorry man.'

Rob haalde zijn neus op. Hij slikte vocht weg. Slijm. Bloed misschien.

'Hier, een zakdoek.'

Rob depte zijn gezicht. Uit een wondje gulpte een straaltje rood. 'Even goed aandrukken.'

Rob keek snel om zich heen. 'Ik moet hier weg.'

'Als je blijft liggen, ziet niemand je. Ik denk niet dat dit de eerste plek is waar ze je gaan zoeken.'

Rob sloot zijn ogen. Hij hijgde een tijdje. Toen zei hij: 'Het is niet waar. Dat van Sterre. Het spijt me, Joris, ze liegt.'

Joris keek hem een paar seconden aan. 'En hoe weet ik of jij dat niet doet?'

Langzaam kwam Rob overeind. 'Omdat ik je nu alles eerlijk ga vertellen.'

Vijf kleuren. Vijf verschillende kleuren nam de zomeravondlucht aan terwijl Rob praatte. Joris had zijn ogen tot kiertjes geknepen en gluurde richting horizon. De laatste roze strepen, het zacht oranje eromheen, zeegroen dat aan kwam spoelen, het grijs als de ogen van Lidia en ten slotte het diep donkere nachtblauw. Joris bleef knijpen. Rob bleef praten.

Het was jaren geleden gebeurd, begon Rob. Hij kwam in die tijd geregeld in café Het Poortje, vlak bij zijn huis. Een beetje kaarten, wat lullen, Joris kende het wel. Joris kende het nauwelijks, maar hij knikte.

Op een avond was er een jonge vrouw binnengekomen, met twee vriendinnen. Tara heette ze. 'Een plaatje. Leren broek. Geweldig lijf. Zwart haar. Enorme ogen. En...'

'Wat?'

'Nou ja, hitsig, zeg maar.'

'Hitsig?'

'Geil, Joris, ronduit geil, oké?'

'Natuurlijk. Natuurlijk.'

Het duurde niet lang of Rob en Tara stonden te dansen. 'Steeds langzamer, steeds explicieter. Voor ik het wist vroeg ze of ze met me mee naar huis mocht.'

Joris glimlachte.

'Wat had jij gedaan? Ik heb haar mee naar huis genomen

en we hebben elkaar als dieren besnuffeld en verkend. Ze kon dingen met haar mond, dat wil je niet weten.'

Dat wilde Joris eigenlijk heel graag weten, maar hij durfde niet door te vragen.

'Het was fantastisch. Ze leek me jong, een jaar of achttien. Maar ik was vijfentwintig, dus dat kon prima. Toch?'

Joris knikte. Dat kon prima.

Rob vertelde dat hij een paar weken met Tara omging. 'We wilden alleen maar neuken. Zaten we tegenover elkaar bij een chique Italiaan, wisten we niet hoe snel we samen het toilet op moesten zoeken. Ik heb haar niet alleen alle hoeken van de kamer laten zien, ik heb haar alle hoeken van de stad getoond.'

Joris grinnikte. Hij kon het mooi vertellen, dat moest hij Rob nageven. Het klonk bovendien als een jongensdroom. Zo'n geil wijf, jong, nog geen Hans Anders-bril of driekwartbroek, die bereid was op een toilet van een restaurant haar benen voor je te spreiden, haar lippen te openen, 'Dieper' prevelend als je bij haar naar binnen stootte.

'Joris, luister je?'

'Ja ja, natuurlijk.'

Rob herhaalde zijn laatste zinnen.

'Opeens stond haar vader in Het Poortje.'

Alles in het café was gekanteld nadat Rob een knie in zijn buik had gekregen en de vader omstandig uitlegde waarom. 'Zijn dochter. Vijftien. Ik. Met haar. Alle standjes.'

Even had Rob geen volzinnen meer. Toen vervolgde hij: 'Wekenlang was ik de man van de wereld, de held met de bloedmooie vrouw in zijn bed en plotseling degradeerde ik. Van koning van de bar tot iemand die zich niet eens meer op de drempel mocht vertonen. Want vijftien, dat kan niet zo prima, toch?'

Joris kuchte. Nee, vijftien kon niet prima. Maar sommige meiden waren zo volwassen. Heel stiekem had hij ook wel eens naar Hedwig gekeken. Een kind, maar wel een kind met dubbel D. Die had de natuur haar niet voor niets gegeven. Toch? Al mocht je er natuurlijk niet eens over denken dat jij jouw zaad erover uit zou smeren. Laat staan dat je het deed.

Rob keek opzij. Joris tuurde nog steeds door zijn wimpers, die als tralies voor zijn ogen lagen. 'Begrijp je me? Kun je me volgen?'

Joris knikte. 'Zo'n tienertje, daar mag je niks mee. Maar wat als ze zich aanbiedt? En je weet niet eens hoe oud ze is?'

'Dat bedoel ik. Het is op het randje natuurlijk,' zei Rob. 'Maar ze wilde zelf. Lopen we allemaal soms niet graag op het randje? Jij toch ook? Jij wil toch niets liever?'

Joris keek voor zich uit. Zijn leven had helemaal geen randjes. Geen richeltjes, geen scherpe hoeken. Alles keurig gestuct, weggeplamuurd, comfortabel gemaakt. Beschaafd. Hij was het zo godvergeten zat om beschaafd te zijn.

Hij keek Rob aan.

Nog maanden na deze nacht zou Joris hopen dat het gesprek hier was gestopt. Dat Rob niet dat ene zinnetje had uitgesproken: 'We zoeken allemaal het randje. Maar ik ben eroverheen geflikkerd.' Dat zijn kop zich niet had gevuld met beelden van Rob en Anna. Anna, het twaalfjarige zusje van Tara.

Rob had zijn hoofd afgeschermd met zijn armen terwijl hij verder vertelde. Hoe mooi Anna was, hoe slim ook. Haar gave huidje, twee moedervlekjes op haar jukbeen die als ze lachte naar hem knipoogden. Haar billetjes, kinderlijk kogelrond maar langzaam aan het verzachten, aan het versmelten tot de kont van een vrouw. Haar bovenlijfje, waar de tepels al opbolden, waar straks haar borsten zouden schommelen.

'Ze was de lente. Ik had er nooit eerder bij stilgestaan hoe mooi het is, kinderen vlak voor hun transformatie. Alles in de knop, één grote, wandelende, giechelende, spelende belofte. Onaangeraakt, onaangetast.' Er klonk een raar geluid van onder Robs armen. Gesnuif. Pas na enkele seconden realiseerde Joris zich dat hij huilde. 'Ik wou dat ik het niet zo mooi had gevonden. Niet zo puur dat ik erover droomde. Dat ik fantaseerde. Dat ik de hele sodemieterse dag aan haar dacht. En dat ik niet heb geweigerd toen zij en haar zusje vroegen of ik ze wilde kussen. Of ik ze wilde masseren. Of ik ze wilde aanraken.'

Voor het eerst had Joris zijn ogen helemaal geopend. Rob was rechtop gaan zitten. Zand kleefde aan het snot op zijn bovenlip.

'Heb je...'

Rob knikte.

'Godverdomme.'

Het was dit keer Joris' vlakke hand waarmee hij de wang van Rob sloeg.

'Ongelofelijke klootzak. Viespeuk. Een meisje van twaalf. Van twaalf! Je bent ziek. Ik word doodziek van jou.'

Robs gejank klonk als dat van een kermende straathond die een vol terras af wordt geschopt. 'Het spijt me zo, echt het spijt me. Ik ben op een plek in mijn kop geweest waar ik nooit had mogen komen. Ik heb een la opengetrokken met gedachten die ik niet wil hebben. Maar ik heb die la gesloten, echt. Ik wíl dit ook niet.'

Het liefst ging Joris meehuilen. In plaats daarvan klonk zijn stem opeens zakelijk, zijn woorden afgemeten.

'Zijn er meer meisjes geweest?'

Rob knikte. 'Het ging zo makkelijk.'

'En Sterre?'

Rob kreunde.

'Wat heb je godverdomme met mijn dochter gedaan?'

Even was het stil. Toen zei Rob zacht: 'Ik heb haar niet aangeraakt.'

Joris' stem sloeg over. 'Hoe kan ik dat nu nog geloven?'

'Omdat ik je dit anders toch nooit had verteld?' riep Rob. 'Joris, na de rechtszaak heb ik mijn spullen gepakt. Ik ben gaan reizen. Jarenlang, net zo lang tot ik niet meer kon. Ik was doodmoe. Ik zocht een huis in de rustigste buurt van de streek. Een wijk waar niemand me kende. Waar het eindelijk allemaal vergeten zou zijn. Ik zocht een veilige haven. Dat waren jullie. Ik heb dat nooit willen verpesten. En toen was daar Sterre. Jezus, ze is mooi. Verschrikkelijk mooi.'

Rob kon net op tijd een nieuwe klap ontwijken. Hij ging liggen. Joris bleef staan, zijn armen langs zijn lijf als losgelaten papieren verjaardagsslingers.

Rob ging liggen, zijn hoofd op de stenen rand van de zandbak. 'Dat mooie,' zei hij, 'dat mocht ik niet lelijk maken. Maar ze zocht me op. Ze zocht míj op. De hele tijd was ze in de buurt. En ze is grappig, ze is slim, alles in haar is aan het ontwaken. Ik wilde haar helpen ontwaken, ik zal het niet ontkennen. En ik wist dat het niet kon.'

Nee, dat kon niet, wilde Joris schreeuwen. Hij zweeg. Rob fluisterde. 'Ze kwam dichtbij, ze kwam zo dichtbij.'

De stilte. Gezoem in de lucht. Muggen. Van onderaf keek Rob naar Joris. 'Gisterenavond stond ze voor mijn deur. Ze droeg een paars truitje met een blote schouder.'

Joris wist welk. Ze had het die middag in de stad gekocht. Joris had naar haar gefloten en haar grinnikend Sexy Lexy genoemd.

'Toen ik opendeed, bleek ze een heel verhaal te hebben gerepeteerd,' ging Rob verder. 'Dat ze geen kind meer was, maar een volwassen vrouw. Dat ze zich aan mij wilde geven. Van die rare standaardpornotaalzinnetjes. Ze zal ze wel bij elkaar gegoogeld hebben.' Joris slikte moeizaam. Zijn strot leek ingesmeerd met ruwe klei.

'Ze dook boven op me en probeerde me te kussen. Ik heb haar van me af geduwd, gezegd dat ik dit niet wilde. Ik heb haar de deur uit gezet. Veel te ruw, veel te hard, veel te onaardig. Ze huilde. Sorry, ik had het zoveel subtieler moeten doen. Het is nog maar een meisje. Het spijt me als ik haar gekwetst heb. Het spijt me als ik jou gekwetst heb. Ze kwam zo dichtbij. Ze moest weg.'

Langzaam ging Joris naast Rob liggen. Het cement koelde zijn jukbeen. Zijn voorhoofd raakte het haar van Rob. Toen zei hij het. Heel stellig. Beslist. 'Jij moet weg.'

'Geloof je me niet?' vroeg Rob paniekerig.

'Ik geloof je wel. Maar wat je zei klopt. Het kan niet.'

Het was stil. Eén minuut, twee minuten, vijf misschien. Toen vroeg Rob: 'Droom jij er nooit van?'

'Van een kind? Nee, natuurlijk niet.'

'Van een jonge vrouw.'

'Ja, nou ja...'

'Van een maagd. Helemaal strak. Onontgonnen terrein.'

'Nee.'

'Echt niet?'

'Wat doet het ertoe?' vroeg Joris geërgerd. 'Al droomde ik van een hele maagdenorgie, ik doe er niets mee.'

'Waar jij van droomt, dat heb ik gedaan.'

'Wie zegt dat ik daar van droom?'

'Wie zegt dat je daar niet van droomt?'

Met zijn vingers groef Joris door het zand, vochtig van de avonddauw. Hij zweeg. Het was onbelangrijk waar hij van droomde. Tussen droom en daad staan wetten in de weg, had Willem Elsschot gedicht. Niet voor niets was dat een van Nederlands beroemdste poëten. Hollands erfgoed. Die wetten waren er met reden. Die hadden ze nodig om de boel in het gareel te houden. Dat was een kwestie van beschaving.

In de verte klonk gejoel. Een dikke zwarte mist steeg op. Beschaving.

'Rob, je kunt hier niet blijven.' Ze zouden hem lynchen, opvreten. Ze zouden niets van hem overlaten, behalve een paar plukken haar en een hoopje uitgespuugde vermalen botten.

Rob knikte. Hij wist het.

Ze waren allebei rechtop gaan zitten. Hun gezichten zo dicht bij elkaar dat hun adem zich vermengde. Toen zei Rob: 'Ik snap het als je nooit meer iets met me te maken wil hebben, man. Ik deug niet. Jij wel.'

'Hoe weet je dat?'

'Geloof me, dat weet ik. Er is niemand die zo deugt als jij.'

Met een stokje poerde Joris wat onkruid weg tussen de rubber tegels naast de zandbak. De bescherming voor tere kinderlijfjes die uit het klimrek konden vallen.

'Ik kan me niet voorstellen dat je hier morgen niet meer

bent. Straks is alles weer hetzelfde als vroeger. Straks is alles weer normaal.'

Er klonken voetstappen. Gegil. Rookpluimen walmden boven de Vinex-wijk. Rome stond in brand.

36

Als je niet beter wist zou je denken dat het gezellig naar open-
haardvuur rook, hier in de struiken. Eén blik echter op de
smeulende puinhoop die was overgebleven van de tuin van
Evelien en Ramon, verbrak die illusie. De zon scheen gena-
deloos in Joris' nek. Toch bleef hij op zijn hurken zitten.

Hij had het graag anders willen brengen, maar vanmorgen
was het er tussen de chocopasta en de gekookte eitjes opeens
uitgeflapt.

'Liedje, ik ben ontslagen.'

Uitdrukkingsloos had ze hem aangekeken. 'Je bent ontslagen.'

'Ja.'

'O.'

'Wat o?'

'O.'

'Ja.'

'En nu denk jij natuurlijk: Rob is weggejaagd, de tuin is aan
gruzelementen gebeukt, Evelien zal weken nodig hebben om
Ramon een beetje te kunnen opvrolijken, dus dit is een fijn

moment om weer te gaan zaniken dat ik op wereldreis wil.'

Zaniken. Dat woord had hij Lidia nooit eerder horen gebruiken.

Heel langzaam was hij opgestaan. Lidia keek een beetje angstig naar hem. Niet onterecht, hij keek ook een beetje angstig naar zichzelf. Zijn buik in zijn blouse die op knappen stond, zijn rode hoofd, het zweetdruppeltje dat achter zijn oor vandaan piepte, zijn rechterhand die nog nabonkte.

'Ik wilde het je zeggen, maar ik dacht... niet nu... met al onze problemen. Ik... Godverdomme, ik weet het ook allemaal niet. Ik doe mijn best, Lied. Ik doe mijn godgloeiende best.'

En toen had hij zichzelf langzaam naar buiten zien lopen.

Overbekend is het verhaal van mannen die hun gezin verlieten: ze zeiden dat ze sigaretten gingen kopen en keerden vervolgens niet terug. Maar Joris rookte niet.

Hij zat op zijn hurken en perste. Hij had zich in de bosjes verscholen, waar hij uitzicht had op drie huizen: het zijne, dat van Ramon en Evelien en dat van Jonneke.

In zijn eigen huis was het stil, wist hij. Lidia ruimde de tafel af. Ze droeg haar haar in een knoedeltje dat speels heen en weer wipte. Als je niet beter wist, zou je menen daar een montere vrouw te zien. Misschien was ze dat ook wel. Wellicht dacht ze dat hij alleen een ommetje aan het maken was. Dat hij straks zou terugkeren met een flesje Pinot Grigio en

Franse kaasjes en dat hij haar zomaar – op een doodgewone zondagmiddag – zou vragen met haar te picknicken. Zij zou voor de vorm tegensputteren, hij zou haar goedmoedig neerpoten op een tuinstoel en even later zouden ze proosten.

Ze kon niet weten dat hij daar nu op zijn hurken zat. Dat hij hete stront zijn darmen uit perste, dat de pepers van gisteren brandden bij zijn anus, dat hij pas weer kon opstaan als hij eindelijk, eindelijk leeg was. Dat hij geen idee had welke kant hij uit zou lopen.

Joris verlegde zijn blik en keek naar het huis van Evelien en Ramon. Het gebrul van zijn buurman, afgelopen nacht, echode nog steeds in zijn hersenpan. Toen de brandweer kwam en met een goed gemikte straal binnen tien minuten het vuur gedoofd had, waren de duiven dood. Agenten kamden de buurt uit op zoek naar Ada en haar volgelingen, maar die waren allang weggevlucht. Nog urenlang had Ramon in de nasmeulende as gezeten, paniekerig veertjes bij elkaar rapend.

'Dit was een heel goed voorbereide actie,' had een politieman gezegd en Joris had geknikt. Rob had mazzel dat ze hem niet hadden gevonden.

Plotseling voelde Joris gespetter tegen zijn kuit. Pis kwam als vanzelf met de stront mee. Geschrokken sprong hij overeind.

Op dat moment verscheen ze: de magere gestalte in het derde huis. Het keukenraampje stond open. 'É uma casa portuguesa, com certeza,' zong Amália Rodrigues. 'É, com certeza, uma casa portuguesa.'

Jonneke danste met haar armen in de lucht. Tranen gleden traag over haar wangen. Toen stond ze stil. Haar ogen werden groot. Ze keek hem recht aan. Hij loerde terug, zijn broek en onderbroek nat gezeken op zijn enkels. Met een snel gebaar veegde Jonneke haar gezicht droog. Het leek of ze wuifde toen Joris wegdook. In deze bosjes kon hij zich nooit meer vertonen.

37

Hij ging niet naar huis. Hij was er dichtbij geweest, hurkend bij zijn eigen achtertuin, maar hij kon daar niet blijven, in die struiken vol stront. Hij moest weg. Hij liep door het woonerf, zwalkte langs namen van componisten, schuifelde door het weiland waar Evelien altijd de hond uitliet.

Overal was het stil geweest. Pas toen hij in het stadshart arriveerde, kwam de dag kreunend op gang. Auto's werden als vanzelf door straten gepompt als olie door een motor. Rolluiken ratelden als tandwielen toen ze werden opgehesen. Een verhuizer zette dozen op een elektronische ladder die ze automatisch omhoogtakelde. Alles was in werking. De machinerie van het stadje. De automatismen van alledag.

Joris was moe. Gedachten aan Rob flitsten door zijn kop, aan Lidia die vast op hem zat te wachten, aan Daniel, aan Sterre, Ramon, Evelien. Wie viel iets te verwijten? Het leven was niets meer dan het almaar blijven proberen, elke dag. Je aanpassen, je vrijmaken, je beheersen, je dagen vieren. Ze zwoegden allemaal, bewogen van het ene uiterste naar het andere, het hele bestaan was één grote poging om in het midden uit te komen.

'Hé Windman. Windman!' De stem wapperde tussen de huizen. Joris keek in de richting van de rotonde. Leeg. Hij draaide om zijn as. Geen Petunia. 'Hé Windman, hier! Boven!'

Op het dak van de ouderenflat verscheen een silhouet. Woeste haren omlijstten het donkere gezicht, erbovenop danste het plantje als was het een kroon. 'Windman! Blijf daar niet staan, kom.'

Een paar minuten later stond hij naast hem. Het waaide flink. 'Wat doe je hier?' had Joris gevraagd. Petunia grijnsde naar hem en gebaarde hem te gaan zitten. De kiezels op het dak prikten in zijn billen. Petunia rook vandaag naar een hint van groene zeep.

'Heb je je gewassen?'

'Sommigen van de oudjes hier zijn zo dement dat ze niet eens in de gaten hebben dat ik gebruikmaak van de sanitaire voorzieningen.'

'Chic hoor. Speciale gelegenheid?'

'Iedere dag is een speciale gelegenheid.'

Joris keek naar Petunia. Lijnen hadden zich in zijn huid gegroefd, zijn gezicht was een houten plank, vergeten in een tuin, uitgebeten door zout, zon en wind.

'Kijk eens,' wees Petunia. Hij wees naar voren. 'Van bovenaf is alles anders.'

Joris knikte. Iedere etage die hij hijgend hoger was geklommen, op weg naar het dak, had hij even over het balkon getuurd.

Langzaam verdwenen ze: de poppetjes die bezig waren met hun graafmachines, hun auto's, hun bakfietsen. Ze praatten, wapperden met hun handen, bewogen op muziek. Hij bedacht hoe er onder hem werd gevreeën, gewerkt, hoe er werd gestoeid, geruzied, gevochten wellicht.

Hoe hoger hij klom, hoe minder hij hoefde te bekijken. Hij steeg net zo lang tot de wereld louter uit geometrie bestond. Rechte lijnen van wegen langs landerijen, rechte sloten die het ene weiland van het andere scheidden, rechte heggen tussen tuinen, rechte witte strepen om parkeerplaatsen te markeren.

'Alles is recht,' bromde Joris.

Petunia lachte en wees toen naar de lucht. 'Cumulonimbus. Strato. Cumulus. Cirrostratus. Daar is het grillig. De mens heeft er namen aan gegeven om een illusie van ordening te wekken. Onzinnig. Een wolk is een wolk en geen wolk is hetzelfde.'

Plotseling hief hij zijn wijsvinger op. 'Alleen de mammatus voldoet aan de menselijke behoefte om in patronen te denken. De mammatus ontstaat wanneer neerslag uit een wolkendek in extreem droge lucht eronder valt. De regen verdampt, waarna de lucht afkoelt en naar beneden beweegt. Bij de daling komt een gedeelte van de wolk mee, wat een buidelachtig beeld aan het wolkendek geeft.'

'Hoe weet jij dit allemaal?'

'Ik was aardrijkskundeleraar.'

Joris staarde naar Petunia. Hij wilde van alles vragen, maar de plantjesman onderbrak hem: 'Kijk, daar.'

Joris volgde de vinger en tuurde naar boven. Lange lage wolkzakken bungelden als vermoeide moederborsten aan de hemel, volstrekt evenwijdig, alsof ze gebeeldhouwd waren.

'Menspersonen die voor het eerst een mammatus zien, blijven vaak versteld en aangedaan staan,' ging Petunia verder. '"Zie de schoonheid der natuur," verzuchten ze dan. De schoonheid ammehoela. De mens vindt de natuur pas mooi als ze haar grilligheid loslaat, wanneer ze een prachtig evenwijdig patroon vormt, een plaatje, de gulden snede van God.'

Joris keek naar de wereld onder hen. Was het mooi? Het lijnenspel. De kavels, de stoepen, de vluchtheuvels exact om de zoveel meter geplaatst. De nieuw gebouwde moderne wijken, straat na straat evenwijdig aan elkaar. Grove rotsblokken die werden verpulverd om er vervolgens perfect passende rechthoekige bakstenen van te maken, bomen die werden omgehakt, doormidden gezaagd en van hun grillige bast ontdaan om te eindigen als glanzende stukjes parket, uiteraard volgens een keurig visgraatmotief neergelegd door Poolse bouwvakkers met een drankadem en een reetdecolleté.

Zelfs de vliegtuigen vlogen een afgesproken route. Het moest wel, anders botsten ze tegen elkaar. Was dat de reden waarom ook beneden alles zo afgebakend was? Omdat de ene mens anders op de andere botste?

'Petunia,' zei hij zacht, 'sorry voor laatst. Ik had je niet zo achter moeten laten.'

'In mijn blote lus, bedoel je? Dat vond ik wel lekker koel, hoor.'

'Ik schaamde me.'

'Waarvoor?'

Even was hij stil. Toen antwoordde hij: 'Voor jou. En nu schaam ik me omdat ik me schaamde.'

Petunia grijnsde. Stomptandjes blikkerden in het licht. 'Je durft de kelder niet meer in, hè.' Joris keek hem dommig aan. 'De plek om je terug te trekken, waar je alles mag denken.'

Joris schudde zijn hoofd. 'Er zijn gedachten die niemand zou mogen toelaten.'

Petunia reageerde niet. 'Het is een mooie dag, vind je niet?'

Joris knikte.

Petunia draaide zich helemaal naar hem om en keek hem diep aan. 'Het is altijd een mooie dag als je weet dat je mag gaan. Het hoeft niet, het mag. Er is een nooduitgang.'

Joris wist niet wat hij zeggen moest. Wat was de nooduitgang dan? Weggaan, was dat een vlucht naar voren? Een keuze voor het nieuwe? Voor wat zijn leven mocht zijn? Of was dat juist opgeven? Een laffe daad, wijnglazen die je met groots gerinkel op de grond stuk liet vallen zonder het glas bij elkaar te vegen? Was hij de man die de scherven achterliet?

Joris deinsde lichtjes achteruit toen de schoongewassen klauw van Petunia zijn hoofd naderde. Vlak voor zijn gezicht bleef de hand hangen. Met zijn wijsvinger tekende Petunia Joris' contouren, zonder hem aan te raken.

'Maak je verhaal af, Windman.'

Hij had geen verhaal, wilde hij roepen. Hij was grijs gebied, een eeuwig twijfelgeval, een man zonder vorm, van vloeibare materie. 'Ik ben te gewoon om van betekenis te zijn,' zei hij.

Petunia schudde zijn hoofd. 'Weet dat je iedere dag kunt gaan. De ware helden echter, dat zijn degenen die blijven.'

Joris keek hem verward aan. Petunia bracht zijn hand naar zijn hoofd en haalde het plantje eraf. Groenblauw keek hij hem nog één keer diep in de ogen. 'Er is altijd een nooduitgang,' zei hij, waarna hij het plantje in Joris' handen stopte. 'Ik wil dat je dat weet. Maar misschien heb jij het niet nodig. Misschien ben jij moediger dan ik.'

Petunia stond op.

'Wat ga je doen?'

Petunia glimlachte. Toen spreidde hij zijn armen, nam een aanloop en sprong.

38

'Zelfs de jeep is weg,' brulde Daniel vanuit zijn kamer, waar hij uitzicht had op het huis van Rob. Hij denderde de trap af. 'Echt, alles pleite. En hij gelukkig ook.'

Lidia glimlachte. Ja, Rob gelukkig ook. De lucht was frisser, alsof het na weken van drukkende warmte eindelijk goed geregend had. De discussies over Rob waren voorbij. Ze hoefde niet meer te twijfelen, niet meer angstig te zijn, niet meer te dubben. Hij was weg.

Die nacht had ze bij Sterre geslapen. Als een lang getrouwd echtpaar, oude mensen die volledig gewoon zijn aan elkaars lichaam, die de snurkjes kennen, de windjes van de ander amper nog ruiken, die zo dicht tegen elkaar slapen dat ze één gloeiende bron van warmte worden, zo lagen ze daar. In het duister had Sterre opeens gefluisterd: 'Wat ik over Rob zei is niet waar.'

'O,' zei ze. Haar schoot kneep samen, haar baarmoeder klopte, een kleine scheut van pijn. Toen werd het zacht vanbinnen. Een zachtheid die alleen opluchting teweeg kan brengen.

'Het was wel bijna waar.'

'O.' Kramp.

'Maar er is uiteindelijk niks gebeurd. Echt niet.'

'O.' Zachtheid.

Met haar wijsvinger streek Lidia de achterkant van Sterres nek. De nek. Weinig mannen wisten dat dat het intiemste plekje was van de vrouw. Je kon haar op de mond zoenen, haar borsten betasten, je hand door haar kruis maaien, maar niets voelde zo fijn als een aanraking in de nek.

De hals van haar meisje leek langer te worden. Een voor een lieten de spieren hun spanning los, de pezen, de aanhechtingen, het bloed, ze durfden zich over te leveren aan de zwaartekracht en diep in het matras te dalen. Ze kon zich niet herinneren wanneer ze voor het laatst zo intiem was met haar kind.

Zo was het goed.

Nu, in de ochtend, voelde ze zich nog steeds monter, geheeld, verbonden met haar gezin. Het was alleen raar dat Joris niet terugkwam. Hij was zo lang weg.

De uitbarsting van die morgen had ze best begrepen. Het was niet niets, je baan verliezen, en haar reactie was onaardig geweest. Ze kwamen er heus uit, desnoods zou ze zelf weer gaan werken. Hoewel dat nu waarschijnlijk niet zo'n geweldig idee was.

Ze zouden wel zien. Moest je haar horen: ze zouden wel zien. Misschien was de luchtigheid van Jonneke eindelijk op haar overgeslagen. Ze wist sinds vanmorgen dat alles goed zou komen. Dat zou ze Joris zo graag vertellen. Dat hij een ommetje was gaan maken had ze begrepen, maar het was nu vier uur later. Ze had hem twee keer gebeld: geen gehoor.

Lidia pakte een paar rubberhandschoenen uit het keukenkastje, goot de allesreiniger in heet water en begon met een schuurspons de gootsteen te boenen. Ze had eens op een weblog gelezen dat wie mindful wilde zijn, moest beginnen met elke dag haar gootsteen te boenen. Het smetvrij maken, het langzaam tevoorschijn toveren van het glimmende zink, zou helderheid in je hoofd brengen.

Ze poetste fanatiek, haar vingers drukten bijna door de spons heen. Hij zou zich toch niets raars in het hoofd hebben gehaald? Het getob dreef haar gedachten binnen, hoe hard ze ook probeerde haar hoofd schoon te houden. Ze wilde het niet, maar plotseling zag ze Joris voor zich. Met die achterlijke, veel te kleine rugzak Thailand tegemoet, haar alleen achterlatend.

Ze boog haar hoofd. Haar gezicht spiegelde in het zilver. Een scheve mond, diepe geulen die van haar neusvleugels naar beneden liepen. Vanmorgen was ze zo fris geweest. Nu was alles weer bezoedeld.

Op het moment dat hij van achteren zijn brede berenarmen om haar heen sloeg, verdwenen al haar angsten. De gêne dat ze aan hem had kunnen twijfelen, de man die haar nooit in de steek zou laten, die schaamte maakte dat ze het achter haar ogen voelde branden.

Niet huilen nu. Daar kan hij niet tegen.

'Hé liefie,' bromde hij.

'Waar was je nou?'

'Even een frisse neus halen.'

Ze zuchtte. Met haar volle gewicht leunde ze naar achteren. Hij stond tegen haar rug aan, omsloot haar lijf met dat grote lichaam van hem. Nooit hoefde ze zich onveilig te voelen. Met hem was alles goed. Dit was het enige juiste moment om het te zeggen.

Ze schraapte haar keel.

'Liefje,' fluisterde ze.

Hij humde.

'Ik moet je iets vertellen.'

Ze draaide zich om in zijn omhelzing en blikte omhoog. Zijn ogen. Het leek of hij had gehuild. Maar hij glimlachte naar haar. Ze haalde adem. Toen zei ze het.

'We krijgen een kindje.'

Joris' gezicht verstrakte even. Hij keek achter haar, naar buiten, de tuin in. Toen streek hij afwezig met zijn hand haar krulhaar achter haar oor.

'Hé Joor, is het niet heerlijk? Drie is het nieuwe twee.'

Joris knikte langzaam.

'Vanaf nu worden we echt gelukkig.'